시간의 황야를 찾아서

대구 경북 문학 기행

시간의 황야를 찾아서

지은이 | 천영애

초판 발행 | 2020년 10월 27일

펴낸이 | 신중현
펴낸곳 | 도서출판 학이사
출판등록 | 제25100-2005-28호

대구광역시 달서구 문화회관11안길 22-1(장동)
전화_(053) 554-3431, 3432   팩시밀리_(053) 554-3433
홈페이지_http://www.학이사.kr
이메일_hes3431@naver.com

ISBN_979-11-5854-262-7   03810

“ 이 책은 대구출판산업지원센터의 ‘2020년 작가·출판사·서점 연계 지원 사
업’ 에 선정되어 발행 되었습니다.’

※ 책값은 뒤표지에 있습니다. 잘못된 책은 구입하신 서점에서 바꿔 드립니다.

시간의 향아를 찾아서

대구 경북 문학 기행

글·사진 **천영애**

學而思 | 학이사

운명의 황야를 떠도는 시간

떠돌이의 삶을 동경한 적이 있다. 나는 아마도 북방 유목민족의 후손이라서 한곳에 정주하고 사는 삶은 태생적으로 맞지 않다고 생각했다. 불현듯 낯선 길 위에 서 있는 나를 볼 때마다 느껴지던 안도감은 얼마나 설렘을 동반하던가. 그렇게 세월이 흐르고, 이제 다닐 만큼 다녔다고 생각될 즈음, 낯익은 것들이 새롭게 보이기 시작했다. 그 숱한 세월 동안 나는 과일의 단단한 껍질을 겨우 밟고 다니면서 그것이 전부라고 생각했다. 그런데 알고 보니 달콤하고 부드러운 과육의 속살은 내가 다녔던 길에서 비켜 있었다.

안개가 자욱하여 한 치 앞도 보이지 않는 산길을 오르고 올라 당도한 영양의 황씨부인당이나 봉감모전 오층석탑은 내 오랜 방랑의 길을 허무하게 만들어 버렸다. 평생 단 한 번도 마음에서 떠나보내지 않았던 문학작품의 문장이 주저 앉은 가슴속을 스치고 지나갔다. 처음으로 문학의 길을 더듬어 보자는 생각이 문득 들었다. 문학은 곱게 화장한 얼굴을 드러낸 곳에 있는 것이 아니라 황씨부인당의 거칠고 익숙하지 않은 신당 공간이나, 어느 아득한 세월에 쌓아 올렸을지 모르는 석탑의 민낯에 있을 것이었다.

지금까지 문학 답사를 다녔던 그 많은 곳들은 돌이켜 보면 잘 다듬어진 여인의 아름다운 얼굴처럼 인위적으로 공간을 조성한 헛된 곳들이었다. 작품 속의 가슴 저미던 문장들은 깊숙이 숨겨진 곳, 구태여 찾지 않으면 드러나지 않는 곳들에 그 행간을 숨기고 있었다.

한 곳을 다녀오면 다음 곳이 자연스럽게 떠올랐고, 가지 않은 많은 길이 은빛 물결처럼 일렁거렸다. 신기루처럼 떠오르던 상상 속의 길에 문장이 춤을 추었다. 이 글을 쓰는 동안 나는 다시 지난 수십 년간 내 문학의 행적을 되돌아보아야 했고, 그 행적이 쓰라린 날은 문장이 흘러가는 공간에 한참을 멍하니 앉아 있어야 했다.

길 위에 서 있는 동안 때로는 혼자서, 때로는 동행이 있었지만 나는 언제나 혼자였다. 문학은 결국 혼자서 하는 고독한 작업이라는 생각은 길에서도 마찬가지였다. 동행이 있다 해도 보는 것이 다를 것이고, 머릿속에 떠오르는 문장은 다를 터였다.

그러다가 나는 문득, 병이 났다. 가을이면 다시 가고자 했던 길들이 아른거렸지만 나는 병 앞에 주저앉아야 했다. 시간과 공간은 나를 기다려주는 것이 아니라 내가 그곳을 향해 달려가야 하는 것임에도 나는 달려가기는커녕 그 공간과 시간을 만나기 위해 읽으려고 했던 책조차 읽을 수가 없었다.

그래서 나는 운명이라는 중후한 언어 앞에 무릎을 꿇었다. 운명이 나를 다시 길 위에 세운다면 나는 시간을 거슬러 그 공간과 시간 속으로 들어갈 것이지만 그렇지 못한다면 나의 역마는 여기서 막을 내릴 것이다. 운명이라는 언어의 막막함 앞에서 나는 천천히 미래의 시간을 그려본다. 과거의 시간이 미래의 시간과 중첩되어 내가 함부로 다스렸던 현재의 시간이 삭아 내렸다. 현재는 과거의 시간이었고, 과거의 시간을 천천히 다스리지 못한다면 내게 현재도 없을 터이다.

글을 쓰기 위해 갔던 곳을 또 다녀오기를 거듭했지만 갈 때마다 그곳은 내가 다녀왔던 그곳이 아니었다. 시간이 변하고 있으니 공간도 변하고, 살아있는 것들도 변해갔다. 시간의 엄중함은 막막한 황야처럼 때마다 다르게 다가왔다.

전부 안다고 생각했던 문학작품과 작가와 그들이 살았던 공간은 알고 보니 전혀 모르는 곳들이었다. 수없이 가봤던 곳들은 처음 가보는 곳처럼 낯설었다. 그나마 다행인 것은 오십 년이 넘도록 한 번도 문학의 곁을 떠나본 적이 없다는 것이다. 글자를 처음 익혔던 다섯 살 무렵부터 나는 책을 붙들고 살았고, 이 글을 쓰는 내내 내가 읽었던 책의 문장들이 거짓말처럼 흘러나왔다.

운명이 나를 다시 되살려 준다면 이 작업은 계속될 것이다. 나는 다만 운명에 내 삶을 맡길 뿐이다.

여전히 나의 글을 기다려주는 학이사 대표님께 감사드린다. 지켜보고 기다리는 출판사가 있어 글쓰기는 믿음이 된다. 햇살이 좋은 날이면 천천히 걸어 학이사에 가는 그런 산책을 오래하고 싶다.

2020년 10월
천영애

이문열의 생가. 석간고택

이문열의 두들마을

- 영양

그대 다시는 고향에
돌아가지 못하리

필론이 한 번은 배를 타고 여행을 했다. 배가 바다 한가운데서 큰 폭풍우를 만나자 사람들은 우왕좌왕 배 안은 곧 수라장이 됐다. 울부짖는 사람, 기도하는 사람, 뗏목을 엮는 사람… 필론은 현자인 자기가 거기서 해야 할 일을 생각해 보았다. 도무지 마땅한 것이 떠오르지 않았다.

그런데 그 배 선창에는 돼지 한 마리가 사람들의 소동에는 아랑곳없이 편안하게 잠자고 있었다. 결국 필론이 할 수 있었던 것은 그 돼지의 흉내를 내는 것뿐이었다.

- 「필론의 돼지」 중에서

이문열은 젊은 시절 나의 우상이었다. 딱히 문학을 한다고는 하지 않았지만 하지 않는다고도 할 필요가 없을 만큼 문학은 그저 나의 숨쉬기와 같았으므로 내게도 우상이 필요했다. 『사람의 아들』을 읽고 매혹되었던 나는 그의 작품이 나오는 족족 찾아 읽었으며 무릇 이문열 정도는 되어야 작가라고 할 수 있을 것이라 여겼다. 한마디로 그는 우상이었다. 교과서에서 배운 지식을 다르게 생각하는 법을 알게 되었으며, 진리는 어디에도 없다는 것, 그리하여 우리는 영원히 진리를 찾아 헤매는 나그네가 될 것이라는 것도, 몸으로 하는 저항만이 아니라 글로 하는 저항도 있다는 것도, 지금 여기 있는 것들과 나는 어떻게 어울려 살아야 하는지에 대한 물음을 묻는 것도 그의 글을 통해 배웠다. 그리고 어느 날 그의 문학적 공간인 부악문원에서 분서갱유가 일어났다. 그의 책은 불태워졌고 그는 묻혔다. 잊혔던 단어인 홍위병이라는 문자도 그를 통해 되살아났다.

그 이후 『술단지와 잔을 끌어당기며』라는 소설이 발표되었고, 그 소설을 읽은 후 나는 이문열의 덫으로부터 빠져나왔다. 그랬다, 그는 덫이었다. 그의 문장은 나를 매혹시켰고, 흥분시켰다. 그러는 동안 그는 "산속 깊숙이 자리잡고 있어도 장안 저 잣거리에 선 것이나 다름없는 사람"(「시인과 도둑」에서)이 되어 있었다.

나는 지금도 부악문원에서 있었던 분서는 너무나 심하게 악의적이라고 생각한다. 그를 작가로서 어떻게 생각하든 책을 불태우는 행위는 또 하나의 사상통제이기 때문이다. 정치인의 행

1. 녹동고가

2. 광산문우

3. 녹동고택

16

위가 마음에 들지 않으면 표를 주지 않으면 될 것이고 작가의 글이 마음에 들지 않으면 그의 글을 읽지 않으면 될 것이다. 그렇게 정치인은 세상으로부터 멀어질 것이고 작가 또한 그렇게 잊힐 것이다. 그날 부악문원에 몰려갔던 사람들이 얼마나 화가 나 있었든, 얼마나 흥분했든, 얼마나 그를 저주했든 나는 알고 싶지 않다. 나는 작가의 책이 마음에 들지 않으면 조용히 쓰레기통에 버리고, 생각이 나와 다르면 조용하게 그를 외면한다. 왜냐하면 누군가는 그의 책이 마음에 들 것이고 또 누군가는 그의 생각이 좋을 것이기 때문이다.

그러한 모든 일들에도 불구하고 우리나라의 소설가에서 이문열을 빼놓고는 말할 수가 없다. 나 역시도 어릴 때부터 그의 소설의 세례를 받았다. 그도 한때는 "언제 가진 것들, 힘 있는 자들이 스스로 회개하고 고쳐 나갔느냐? 세상이 열리고 수천 수만 년, 조금씩이라도 고쳐지고 나아졌다면 세상이 어찌 이 모양이겠느냐? 그들은 다만 더 버틸 수 없을 때에야 비로소 고쳐 나가는 척할 뿐이다."라는 문장을 썼다. 그리고 이런 문장은 지금도 여전히 그에게 유효하다고 생각한다.

그의 이런 문장은 어느 날 문득 하늘에서 떨어지듯이 생겨난 것이 아니다. 영양 두들마을 재령 이씨 집성촌 안에서도 상당한 문벌을 자랑하던 그의 가문이 한순간에 바닥으로 떨어진 것은 아버지의 월북으로 인해서였다. 그의 원래 집이었다던 석간고택은 지금은 집안의 다른 사람에게 소유권이 넘어가 있지만 집

석간고택 본채

의 크기를 보면 그의 상실감을 느낄 수 있을 것 같다. 200년 된 눈향나무가 서 있는 마당 한편의 석간정사에서 그도 책을 읽었을까.

아마도 그런 여유는 누려보지 못한 듯하다. 육이오 때 수원 농대 학장을 지내던 아버지의 월북으로 인해 가세가 기울면서 태어난 서울에서 두들마을로 내려왔지만 그를 기다리는 것은 지독한 가난뿐이었다. 석간고택을 보면 그의 가난을 도무지 상상할 수 없지만 그는 가난했다. 그러나 두들마을에서 육이오 때 월북한 사람은 그의 부친만은 아니었다. 무려 열두엇이 월북했다고 한다. 재령 이씨들은 워낙에 많은 재산에 좋은 머리를 타고난지라 일본 유학파들이 많았고 서울에 가서 공부하는 것은

석간정사

당연한 절차였다. 당시는 사회주의 이론이 유행할 때였고 많은 지식인들이 사회주의자가 되어 월북하고 남은 가족은 전쟁이 끝난 후 빨갱이의 자식이라는 손가락질을 받으며 살아야 했다. 검정고시로 어렵게 공부한 후 사법시험에 도전했지만 연좌제에 걸려 뜻을 이루지 못한 그는 소설 『젊은 날의 초상』을 쓴다.

그가 영양에 산 것은 불과 네 해밖에 되지 않았다. 그러나 재령 이씨에게 이문열의 존재는 뚜렷했다. 그는 고등학교 다닐 무렵부터 해마다 집안의 시사時祀에 참여했는데 한번 참여하면 워낙에 산소가 많고 멀리 있어서 적어도 일주일은 고향에 머물러야만 했다. 그때 일가친척을 만나고 자신의 뿌리를 찾아가면서 두들마을은 그의 고향이 되어 갔다. 그러면서 그는 32세의 나이에 『사람의 아들』을 펴내면서 일약 유명 소설가로 이름을 떨치기 시작한다.

석간고택의 넓은 마당을 둘러보면서 마음이 착잡했다. 이 집은 어쩌다가 남의 손에 넘어가게 되었을까. 하긴 아버지가 월북하고 멀쩡하게 살아남을 가족은 우리나라에 별로 없었을 것이다. 빨갱이의 자식으로 살아남는다는 것은 아무리 그가 명문가의 후손이라 하더라도 불가항력이었을 것이다. 그는 객지를 떠돌아다녔지만 고향을 잊지 않았다. "나 돌아가리. 방금 빠져 있는 부질없는 시비에서 벗어나는 대로 나 떠나온 곳으로 되돌아가리. 모두 훌훌 털고 돌아가 쓰고 꿈꾸고 사랑하며 살리. 때로는 나 떠나오기 전처럼 읽고 그리워하고 가슴 저려하며 살리." 영양은 그의 마음의 정처였다.

두들마을은 언덕배기에 있다고 해서 지어진 이름이다. 지금은 얼마 전부터 갑자기 영양군에서 부쩍 띄운 우리나라 최초의 한글 요리서인 『음식디미방』을 쓴 장계향을 위한 공간이 두들마을의 거의 전부를 차지하고 있다고 해도 과언이 아니다. 국문학사를 배울 때 "우리나라 최초의 한글 요리서인 『음식디미방』이 있다."는 단 한 문장을 어디선가 본 적이 있는데 이 한 문장으로 그토록 거창하게 스토리텔링을 만들어 음식을 재현하는 재주도 놀랍지만 그토록 거창하게 궁궐 같은 한옥을 짓고 요리서에 나오는 음식체험을 하게 만드는 재주도 놀랍다. 어디까지가 잘한 것인지 어디까지가 잘못된 것인지 두들마을을 돌아보면서 산란한 마음을 다잡아야 했다. 디미방 체험공간이 여기저기 들어서면서 원래 있던 한옥들은 구석으로 밀려난 느낌이었다. 원래 있던 전통에 새로운 전통이 보태지면 좋으련만 만들어진 전통이 원래의 전통을 밀어낸다면 그 또한 가당찮은 일이다.

문득 『만들어진 신』이라는 책이 생각났다. 『음식디미방』을 쓴 장계향에 대한 글을 본 적이 있는데 또 하나의 신이 만들어지는건 아닌지 보면서 회의했다. 장계향과 이문열을 놓고 우열을 가린다면 저울의 추는 어디로 기울까. 두들마을을 돌아보면서 했던 생각이다. 나는 물론 이문열 쪽이다. 그러나 영양군에서는 장계향 쪽일 것이다. 그쪽이 훨씬 상품성이 크기 때문이다. 책에 나오는 음식을 재현하고 관광객을 모으고 여중군자라고 칭송하는 일이 관광상품으로나 여성주의 정책으로나 어디를 봐도 유리한 입장이기 때문이다. 거기에다 이문열은 분서 사건으로 젊은이들의 관심 밖으로 밀려난 작가가 아닌가.

그러나 이문열은 그렇게 단순하게 하나의 시각으로만 볼 작가는 아니다. 그는 당대의 과제들을 문학적으로 대응해 나갔다. 그리고 그는 자신의 말을 한다. 가령 김대중의 『옥중서신』이라는 책을 읽고 나서 "이 사람은 말과 글을 너무 잘 아는" 사람이라고 판단한다. 말과 글을 너무 잘 아는 사람은 긍정과 부정의 사이를 오간다. 그 글의 행간에서 어떤 이들은 그의 책을 불태우고 어떤 이들은 찬양한다. 그러나 그는 그 모든 말들을 외면한다. 그는 자신의 문학을 '사인성私人性'이라는 있지도 않은 말을 통해 보호하거나 변명하고 싶어한다. "가장 중요한 독자는 나이며, 내 문학의 기능은 무엇보다도 나를 위한 것이고, 그 의의도 나에게서 먼저 찾아야 한다."는 그의 말은 문학의 공공성을 주장하는 사람들이 들으면 펄쩍 뛸 말이지만 나는 공감한다.

그의 말을 나의 말로 거칠게 바꾸자면, 나는 독자를 의식하지 않으며 내가 쓰고 싶은 대로 쓸 뿐이다. 내 책을 독자가 읽든 말든 나는 알 바가 아니다. 이렇게 거친 생각으로 글을 쓰지만 나가서 말은 부드럽게 한다. 이문열 그도 자기가 쓰고 싶은 걸 쓸 뿐이다. 그렇게 그는 엄청나게 많은 글을 썼고, 엄청나게 많은 사람들이 그의 글을 읽었고, 한때 우리나라 최고의 소설가이기도 했다. 그리고 신화가 될뻔했다.

그런데 두들마을에서 그의 흔적을 찾기는 어려웠다. 이문열의 아버지와 할아버지가 살았던 석간고택의 어디에도 이문열의 흔적은 없었고, 그가 한자를 배웠다는 석천서당도 재령 이씨의 서당일 뿐이었다. 석간고택을 떠나지 못하고 서성거리는데 옆의 유우당에서 한 노인이 나왔다. "문열이 가, 참 똑똑한 아다. 한문도 엄청 많이 안다 아이가. 저기 석천서당에서 한문 배웠다 카데. 가가 한문 진짜 많이 안데이." 구순이 넘었다는 유우당의 노인은 이문열에게 깊은 애정을 가지고 있었다. "이 집도 원래 이문열이 집 아이가. 그런데 지금은 의사 하는 사람이 주인이라. 그도 재령 이씨라. 문열이 가가 이제는 지 시대는 갔다 카더라. 요새 누가 지 책 사보노 카데.

석천서당

그때 어데 북으로 넘어간 기 갸 저가부지뿐이가. 여 마을에서 열두엇이 간 기라. 그때 일본 유학하고 기본으로 서울 가서 다 공부했는데 그 사람들이 다 넘어갔제. 사회주의도 공부한 사람이 알제. 시대가 그랬는데 누구를 나무라겠노."

사회주의가 뭔지 몇 줄의 글로 표현하라면 할 수 없지만 기존 세력에 저항하는 것이 우리가 이해하는 사회주의라면 이문열의 글 속에서도 사회주의 냄새가 짙다. "여그 사람들이 가마이 있는 사람이 아인기라. 뭐가 잘못되면 잘못됐다고 말한다 아이가. 관에다 대놓고 너그 와 그라노 카는 기 여 사람들이제."

노인의 말처럼 이문열도 글을 통해서 "너그 와 그라노."라고 말했다. 분서 사건이 일어나기 전까지는. 그런데 사람들은 전체를 보지 않고 그의 말 한마디 글 한 줄에 분개했다. 그의 책이 불타던 날, 나는 분노했다. 누가 시황제가 될 수 있는가. 그들은 시황제가 되고 싶은 것인가.

『사람의 아들』에서 아하스 페르츠는 아비에게 묻는다. "아버지, 아버지께서도 진실로 카인의 죄를 믿으십니까?" 아하스의 죄는 다르게 생각하는 점이다. 모든 사람이 카인의 죄를 물을 때 아하스는 카인의 죄를 믿지 않는다. 그는 카인이 사람들이 전지전능한 최고의 신이라고 믿는 야훼의 하수인에 불과하다고 생각한다. 그래서 다시 묻는다. 하수인과 교사자 중에서 누구를 더 벌하겠느냐고. 그리고 다시 말한다. "우리의 신이 그토록 자비롭고 사랑에 넘친 분이었다면 애초에 그런 애매한 지식을 우리에게 주지 않아야 했습니다. 그랬으면 아담은 감히 선악과를 따지 않았을 것이고, 우리는 원죄의 굴레를 쓰지 않았을 수 있었습니다." 이것은 아하스의 말이지만 그가 우리에게 하는 말이기도 하다. "그(야훼)가 우리를 만든 것이 아니라 우리가 그를 만든 것일 수도 있습니다."라는 말을 나는 긍정한다. 이 세상에서 우리가 만든 많은 것들을 돌이켜 보면서.

두들마을에서 이문열의 집필실이자 후진양성을 위해 그가 건립한 집의 현판에는 두 개의 글씨가 있다. '광고신택'과 '녹동고가'이다. 녹동고가는 녹동댁 집이라는 뜻이니 그의 어머니의 집이라는 말이다. 그 집은 잃어버린 석간고택을 사들이지 못한 한이었는지 웅장했다. 안채의 문이 열려 있는 날은 그가 있는 날이라는데 우리가 간 날은 문이 굳게 닫혀 있었다. 집 뒤로 돌아가 보니 아름다운 정자가 고목 아래 지어져 있었는데 그 건물의 아름다움에 취해 한참을 서 있었다. 한때 작가들의 창작실로 썼던 건물들 역시 비어 있어 언제 그가 다시 고향으로 돌아올지 기다려진다. 그가 돌아와야 그의 어머니의 새로운 집이 따스해질 것이고, 문향이 마을 전체를 아름답게 할 것이다.

그 옆의 카페인 '두들책사랑'은 비어 있었다. 한쪽이 흥하면 한쪽은 쇠하는지 음식디미방 체험관이 흥하면서 '광고신택'은 잊혀 갔다. 우리 문학의 현주소를 보는 것 같아 씁쓸했다. 한때는 '광고신택'의 집필실에 들어가는 것이 작가들의 꿈이었는데 이제는 흙먼지 날리는 가련한 처지라니, 지금이라도 문을 열어주고 작가를 모집하면 사람들이 모여들 것인데 그 비어 있는 공간이 안타까울 뿐이었다. 다시 거기에 사람들이 문학을 찾아 모여들고, 문학작품이 거기에 토대를 두고 발표되기를 기다릴 뿐이다.

그의 문학에 대해 많은 사람들이 각자 나름의 해석을 내놓는다. 그런데 두들마을에 가면 그의 작품 세계가 읽힌다. 시제를 지내기 위해 영양 각지를 다니고, 땅을 만들기 위해 산을 개간하고, 서당에 앉아 한문을 배우고, 이제는 남의 집이 되어버린 집 앞을 지나갈 때마다 그가 느꼈을 낭패감이 가감 없이 전달된다. 그는 『시인과 도둑』에서 말한다. "아버지는 그의 시로 기실 원래 없던 것을 불러내거나 만드는 게 아니라 다만 있던 것을 찾아냈을 뿐이었다."고. 그는 원래 있던 것들을 불러내어 썼을 뿐인데 그를 모르는 사람들은 자신의 것으로 그를 해석한다.

그래서 세상을 바꾸고 싶어 하는 사람들에게 말한다. "혁명을 꿈꾸는 자들에 대한 경고이다. 무릇 혁명하려는 자는 실질 없는 혁명의 노래가 거리에서 너무 크게 불려지는 걸 경계하여라. 온 숲이 다 일어나야 날이 새는 것이지, 일찍 깬 새 몇 마리가 지저귄다 해서 날이 새는 것은 아니다. (…) 오히려 일찍 깬 그들의 소란은 숲의 새벽잠을 더 길고 깊게 할 수도 있다. 선잠에서 깨났다가 다시 잠들게 되면 정작 날이 새도 깨나지 못하는 법"이라고. 일찍 깬 새는 그의 아버지였을까.

유우당의 노인은 가진 자였다. 세상이 바뀌었고 이제는 시골 땅의 어느 것도 소작료를 주고 경작하려 하지 않는다. 땅을 가진 자들은 그 땅에 잡초가 무성하게 우거지는 걸 두려워하여 누구나 그 땅에 곡식이 자라게 하는 자라면 기꺼이 땅을 주는 것이 지금의 시속이다. 그러함에도 노인은 땅을 무상으로 경작하라고 내어 주었다고 말했다. 무상으로 준다 해도 농사지을 사람이 없는데 이 무슨, 이문열은 그런 마을의 가진 자의 피를 타고 났지만 정작 그는 가지지 못했다. 재령 이씨의 그 무성한 기와지붕들 속에서 그의 거처는 없었다. 그는 다만 잠깐 다녀가는 사람이었고, 정착하지 못하는 사람이었다.

그가 다시 두들마을로 돌아올까. 그는 『그대 다시는 고향에 돌아가지 못하리』에서 고향 마을을 그리워하는 글을 썼지만 글을 쓰는 그때는 고향으로 돌아오는 길이 너무나 멀어서 마음속의 정처로 생각했을 것이다. 그런데 2020년 경상북도에서 두들마을에 이문열 문학관을 짓기로 했다고 한다. 문학관이 지어지면 그는 고향으로 돌아올까. 문학관과 함께 '광고신택'이 다시 문을 열고 그 옆의 카페에도 사람들이 번성거릴 날들을 기다려본다.

마당 깊은 집

김원일의 『마당 깊은 집』

- 대구

시간의
황야를 찾아서

　　　　　　　　　대구의 중심가인 종로와 약전골
목, 향촌동 길을 걸으면 지금으로부터 머지않은 우리나라 현대
사의 질곡이 어른거린다. 육이오 전쟁으로 전국에서 몰려든 사
람들로 지상의 방 한 칸을 갖기 어려워 종이집을 짓고 그도 모
자라 거적데기로 움막을 치고 밤이면 대구역사 안으로 몰려 들
었다는 사람들, 그렇지만 한국의 많은 지식인들과 문화예술가
들이 자리를 잡고 전쟁의 와중에도 문화가 흥성했던 거리가 바
로 그 거리이다.

　넓은 약전골목은 『마당 깊은 집』에 보면 벌써 그 당시에 신
작로처럼 넓은 길에 포장이 되어 있었다 하니 어디에나 가난한
사람들과 부유한 사람들은 있었던 모양이다. 전쟁을 피해 고향
을 떠난 사람들에게 방 한 칸을 내어 주면서 세를 받았다는 시
골 사람의 이야기는 들어 본 적이 없지만 도시의 부유층들은 행

랑채의 방 한 칸을 내어 주면서 세를 받고 그들을 난민 취급했다. 예나 지금이나 어려운 사람들이 살기에는 시골이 낫지만 시골이라고 형편까지 나은 것은 아니어서 사람들은 일자리를 구해 도시로 밀려들 수밖에 없었다. 그러나 그런 그들을 기다리는 것은 시골보다 더 지독한 가난과 그에 따르는 굶주림이었을 것이다.

내가 살았던 시골 마을에 목수 가족이 있었다. 그들은 원래 그 마을에 살던 사람이 아닌 소위 말하는 외지인이었는데 목수라는 좋은 재주를 가지고도 가난했던 그들이 어느 날 솔가해서 서울로 떠났다. 그 당시 서울이라면 우리와는 전혀 관계없는 먼 도시의 이름에 불과했는데 그들이 어찌하여 서울이라는 큰 도시로 입성했는지는 모를 일이다. 나는 지금도 잊어버리지 않는 서울의 동네 이름이 가리봉동이라는 곳인데 그건 그들이 서울에 입성해 처음 자리를 잡았던 곳이라고 마을에 소문이 자자하게 퍼져 있었기 때문이다. 마을 사람들은 모두 그들이 이제 서울까지 갔으니 여기서보다는 훨씬 잘 살 거라고 믿었고, 내심으로는 그렇게 온 가족을 이끌고 물 설고 땅 설은 서울까지 갈 수 있었던 용기를 부러워했다.

그렇게 그들이 조금씩 잊혀가던 어느 날, 그 사람의 친척이 그래도 서울까지 이사 갔다는데 어찌 사는지 들여다보러 그들이 사는 집을 다녀온 모양이었다. 그런데 그 사람이 들어서자 방 한 칸에서 여섯이나 되는 아이들이 어디선가 톡톡 튀어나오

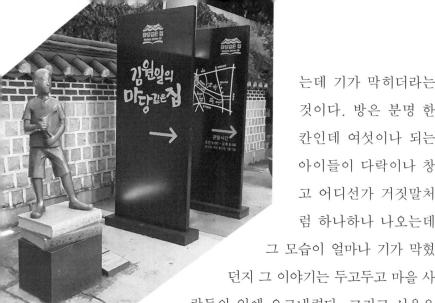

는데 기가 막히더라는
것이다. 방은 분명 한
칸인데 여섯이나 되는
아이들이 다락이나 창
고 어디선가 거짓말처
럼 하나하나 나오는데
그 모습이 얼마나 기가 막혔
던지 그 이야기는 두고두고 마을 사
람들의 입에 오르내렸다. 그리고 서울은
우리 같은 시골 사람이 가서 살 곳이 못 되는 곳
으로 낙인찍혔다. 그래도 시골은 마당 있는 집에, 아무리 못해
도 두세 개의 방이 있는 집이 대부분이고, 그도 모자라면 마당
한쪽에 방 한 칸은 달아낼 수 있는데 여덟 식구가 한방에서 산
다는 것은 도저히 상상이 가지 않는 일이었던 것이다. 그래서
그들이 산다는 가리봉동은 어떻게 생긴 동네인지 형체도 모르
면서 그 가족의 가난과 함께 사람이 살기 어려운 가난한 동네로
낙인이 찍혀 버렸다. 후에 내가 내 아이들을 서울로 올려보낸
후 아이가 살 집을 구하면서 겪은 어려움은 그에 비하면 아무것
도 아니지만 그날 서울을 빠져나오면서 저 많은 집 속에 내 아
이 하나 편하게 살 집을 구하는 일이 이토록 어렵다는 것을 절
감하면서 그 가족들을 생각했던 것은 당연한 일이었다.

이렇게 가난한 자들은 가족의 몸을 누일 지상의 방 한 칸을 찾는 일이 서럽다. 두 번째 아이마저 서울로 갔을 때는 이미 서울의 집값이 천정부지로 올라 있어서 과연 이 서울에서 살아야 하나 깊은 회의감마저 들 정도였다.

어린 시절 소문으로만 들었던 그 가족의 도시 생활이 김원일의 『마당 깊은 집』에 고스란히 재현된다. 가난은 생존의 문제였다. 그것은 불행을 넘어 무시무시한 공포였다. 병원에 한번 가보지도 못하고 "들퍽지게 쌀밥 한 그릇 먹어 보지 못한 채" 죽은 막내 동생 길수는 지금도 에티오피아의 굶주린 어린 소년의 모습으로 환치되어 작가에게 떠올려진다. 김원일은 그 길수가 간 하늘나라가 추위가 없고 굶주림이 없는 곳인지 알 수 없다고 쓰고 있는데 그걸 쓰는 작가의 마음이 얼마나 아릴지 짐작조차 할 수 없다.

실제로 작가 김원일과 막역한 친구 사이라는 수필가 구활의 『문득 그대』에 「퀘나 소리」라는 짧은 수필이 있는데 여기에 나오는 스물다섯에 죽은 시인 청년이 김원일의 동생이라고 들은 적이 있다. 그러니까 어릴 때 굶주리고 병으로 죽은 길수는 현실이 아니라 소설적 구성의 것이고 정작 김원일의 동생이 죽은 것은 청년이 되어서였다. 『마당 깊은 집』을 읽다 보면 소설의 내용이 모두 사실처럼 느껴지는 묘한 환상을 갖게 되는데 적어도 이 소설은 작가의 자전적 경험이 깊이 스며 있는 것은 부인할 수 없는 일이다.

수필가 구활은 김원일의 동생이 죽고 난 후 화장터에서 굵은

소설 '마당깊은집' 배경장소
Background of the Novel
The house with a Sunken Courtyard

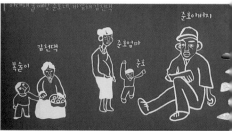

뼛조각을 분쇄하지 말고 주면 나누어 갖겠다는 죽은 동생 친구
의 말에 따라 뼛조각을 받았지만 정작 그 뼈를 가지려는 사람이
없어서 본인이 오랫동안 보관해 둔 일을 쓰고 있다. 그러면서
자신도 죽고 난 후 누군가가 자신의 무릎뼈로 퀘나를 만들어 불
어주면 좋겠다는 글을 쓰고 있는데 그들은 이미 삶과 죽음의 문
제에 경계가 없다.

　대구는 김원일의 이 소설을 바탕으로 계산동에 '김원일의
마당 깊은 집' 체험관을 지었는데 물론 소설에 나오는 그 공간
은 아니다. 실제 공간은 이 체험관에서 중앙통 쪽으로 조금 걷
다 보면 있는데 지금 건물은 흔적도 없이 사라지고 넓은 터만
남아 있다. 이 터의 낮은 담장에는 이 집의 단칸 셋방에 살았던
다섯 가족을 묘사한 그림들이 있어 소설을 생생하게 되살려 준
다. 대구 종로는 아무 생각 없이 그냥 걷다 보면 이렇게 역사 속
의 흔적들이 불쑥불쑥 나타나 걷는 재미가 있는데 비록 소설 속
의 흔적을 찾기 어려운 터이긴 하지만 그곳에 서면 가난하게 살
았던 다섯 가족의 이야기들이 들려오는 듯하다. 그리고 한참 홍

성했던 대구 섬유공장을 했던 주인집의 이야기도 골목 저 멀리
서 들려오는 듯하다. 흔적을 찾는 일은 이렇듯 막연하고 모호한
일이지만 그 흔적에는 우리가 마음껏 그려볼 수 있는 상상 속의
세계가 있어 재미가 있다. 이 소설의 무대는 직접 체험한 작가
가 아직 생존해 있고, 그 집을 드나들었던 작가의 친구들이 있
어 찾는 일은 어렵지 않았던 듯하다.

소설은 대구의 종로통인 장관동에서 살았던 마당 깊은 집을
배경으로 하고 있다. 실제로 김원일은 "전쟁이 막 끝난 1954년,
모두가 어렵게 살던 시절에 우리 가족 다섯 식구 역시 단칸 셋
방에서 힘들게 그 세월을 넘겼다. 대구에서 실제로 '마당 깊은
집' 아래채에 세 들어 살며 어머니가 바느질 일로 우리 형제 넷
을 길렀다."고 증언한다. 그리고 맏아들이었던 그는 자신이 주
워 왔거나 데려온 아이가 아닐까 싶을 정도로 어머니에게 엄한
훈육을 받으며 자랐다고 했다.

초등학교를 졸업하고 중학교 입학 시기를 놓친 길남이의 일
년간의 기록을 쓴 이 소설을 읽으며 지금의 대구 종로통을 떠올

마당 깊은 집

렸다. 전쟁의 직접적인 포화를 겪지 않은 대구는 많은 피난민들이 몰려든 도시로 길남이네 역시 전쟁의 와중에 아버지와 생이별하고 대구로 온 가족이다. 그러다 보니 변변한 방 한 칸 마련하지 못하고 장관동의 마당 깊은 집 행랑채의 방 한 칸에 다섯 식구가 거주하게 된다.

소설은 대구의 중심부이자 지금은 대구 근대골목투어 길로 잘 알려져 있는 장관동과 종로, 약전골목, 중앙통을 배경으로 씌어졌다. 지금은 송죽씨어터로 이름이 바뀌었지만 아직까지 극장으로 남아있는 송죽극장을 중심으로 그 근처의 보석가게들과 대구역, 동성로가 신문 배달을 하던 주인공 '나' 길남이의 활동무대이고 보면, 그 공간들은 건물이 바뀌고 인테리어가 바뀌었지만 여전히 극장과 보석가게들이 즐비하게 남아있다. 거기에다 함께 살았던 이웃들이 빨래하러 가기도 했던 금호강은 가창에서 흘러 내려온 신천과 합수하여 낙동강으로 흘러가는 대구를 휘돌아 가는 강인데 그 종로통에서 그 먼 곳까지 빨래하러 다녔다니 피난민들의 신산스러운 삶이 그대로 느껴진다.

그러나 전후의 삶이란 것이, 거기에다 아버지까지 없이 홀어머니의 벌이로 살아야 하는 삶이란 너무나 가혹한 것이어서 길남이는 신문 배달을 마치고 돌아오는 밤이면 추위와 배고픔으로 뼈까지 아렸다. 그리하여 길남이는 "저물 무렵 그 귀갓길의 추위란 배고픔 못지않게 마음을 외로움과 슬픔으로 채워 더러운 세월을 탓하는 어머니처럼, 나 역시 무슨 낙으로 이 세상을 사느냐는 푸념이 절로 나왔다. 꽁꽁 얼어붙는 어둠 속으로 먼지보다 더 작은 알갱이가 되어 형체 없이 사라지고 싶었다."라고 생각한다.

그런 배고픔과 추위를 겪어보지 못한 우리 세대로서는 감히 상상도 할 수 없는 일이지만 길남이의 어머니는 줄곧 길남이에게 "길남아, 길은 오직 하나데이. 니가 크야 한다. 질대(왕대)같이 얼렁 커서 뜬뜬한 사내구실을 해야 한다. 그래야 혼자 살아온 이 에미 과부 설움을 풀 수가 있다."고 길남이를 재촉했다. 그렇지만 아직 중학교에도 못 들어간 어린 길남이가 어찌 그런 어머니의 한을 풀어 드릴 수 있겠는가. 그리하여 길남이는 차라리 그런 사내구실을 하지 않아도 좋을 여자가 되어 버리거나, 어서 세월이 흘러 머리가 허옇게 센 노인이 되고 싶다고 생각한다.

종로골목

길남이의 어머니는 정직하고 착한 사람이지만 살기 위해서는 거짓말도 하고 꼼수도 쓰고 염치를 저버리기도 하는 억척같은 사람이다. 하기야 그렇지 않다면 그 암담하고 참혹한 시절을 남편도 없이 홀몸으로 어찌 자식을 키우며 살았겠는가. 어머니는 유독 길남이에게만은 "니는 우리 집안 장자 아이가."라는 말로 가혹하게 군다. 좋은 말로 하면 엄하게 단련시키는 것이지만 어린 길남이로서는 감당하기 어려운 일이었다.

그러나 마당 깊은 집의 주인집에서 벌어지는 파티를 구경하다가 어머니에게 혼쭐이 난 길남이가 추운 겨울날 가출하여 대구역에서 자고 있을 때, 어머니가 찾아와 자신을 데리고 가서는 이튿날 아침 자신의 국그릇에만 기름기가 동동 뜨는 고기가 있는 국을 주고는 그 가출에 대해서는 끝내 한마디 말도 하지 않는다. 어머니는 "메칠 물마 묵으미 굶어 본 사람은 안다. 죽는

송죽극장(속죽씨어터)

것도 힘든 줄은 굶어 본 사람만이 알지러."라며 악착같이 살아가는 사람이다. 그런 어머니 덕분에 자식들이 무사히 그 시절을 견뎌내었을 것이고 김원일이라는 소설가가 만들어졌을 것이라고 나는 믿는다.

김주연의 말처럼 육이오와 관련된 모든 이야기들은 그 자체가 우리의 소년 추억이며, 추억의 대상이 된 우리의 소년 시절은 그렇게 공포와 기아, 고통으로 가득 찬 시간의 황야였을 것이다.

나는 굶는 일의 어려움을 알지 못한다. 전후 세대이기도 하고, 태어나고 얼마 지나지 않아 새마을 운동이 일어나고 경제 부흥이 일어나면서 여전히 가난하기는 했지만 굶을 일은 없었다. 거기에다 시골에서 자랐으므로 그때만 해도 부지런만 하면 얼마든지 먹을거리는 해결할 수 있었다. 솜씨 좋은 어머니는 채전밭의 푸성귀만으로도 항상 푸짐한 상을 차려낼 줄 알았으니 굶는다는 것은 나 이전 세대까지 겪은 일로 알았다. 그러나 지금도 들어보면 당시 도시에 산 가난한 사람들은 오히려 시골보다 먹고 사는 일이 더 어려웠음을 알 수 있다.

세월이 흘러 이제는 먹는 걱정은 하지 않고 살지만 그러나 김원일은 여전히 포식하는 습관을 버리지 못하고 있는데, "포식을 하지 않곤 밥을 먹은 것 같지 않고, 그렇게 맛 좋은 밥의 양조차 줄여가며 오래 살기보다는 차라리 수명이 얼마쯤 단축되는 쪽을 택하고 싶다는 마음은 지금도 변함이 없다."고 고백

한다. 그렇게 고백하던 그는 지금 오랜 투병 생활을 하고 있다는데 그와 둘도 없이 친하다는 대구의 시인 도광의와 수필가 구활은 그가 먼저 가고 나면 우리 둘만 남는다며 그의 투병 생활을 안타까워한다.

거의 대부분 그렇게 살았을 전후 시절이었을까. 나는 한 번도 해보지 않았던 생각을 나의 큰언니는 늘 하고 살았다고 했다. 절대로 가난한 집에는 시집가지 않겠다는 것이 그것이다. 가난이 너무 싫어서 시집갈 때는 무조건 부잣집에 갈 거라고 결심했다는 언니의 말을 들으면 나는 한 번도 그런 생각을 하지 않았다는 것이 오히려 신기해진다. 가난을 경험한 세대와 경험하지 못한 세대의 차이일 것이다.

소설에서 몸이 섬약하던 길수가 주인집에서 밥 먹는 것을 입맛 다시며 바라보고 있자 주인 할머니가 점심 한 끼니를 주었는데 그것을 안 어머니가 그날 저녁 길수의 저녁밥을 굶겼다. 어머니는 거지도 아닌데 왜 거지새끼처럼 밥을 얻어먹느냐고 지청구를 늘어놓았지만 정작 길수는 자기가 왜 밥을 굶는지도 모르는 어리고 아둔한 애였으므로 배고프다고 질금거리며 우는 울음소리는 길남이가 잠들 때까지 이어졌다. 그리고 그 아둔함에도 깨우친 바가 있었는지 그 이후로 길수는 주인집의 축대 아래를 아장거리며 다니지 않았다. 가난도 인간의 품격을 저버리지는 않는다.

그러고 보니 나도 어릴 때 아버지로부터 귀가 따갑게 들은 말이 있다. "남의 집에 놀러 가더라도 식사 때가 되면 집으로 오너라, 남의 집에 밥 먹는데 뻔하게 앉아 있는 건 거지들이나 하는 짓이다. 서서 뭘 먹지 말아라. 그것도 거지들이나 하는 거지 집 있는 사람이 서서 밥 먹는 것 봤나." 라는 말들이다. 그래서인지 놀다가도 그 집에 밥상이 들어오면 부리나케 일어나 집으로 돌아왔고, 길거리에 서서 음식을 사먹는 일은 누가 쳐다볼까 봐서 나이 서른이 넘을 때까지 하지 못했다.

아이를 키우다 보면 아이들이 길거리 음식을 사달라고 조를 때가 있는데 그럴 때마다 아이들에게만 사주고 정작 나는 딴전을 피웠다. 길에서 뭘 먹는 걸 하면 안 된다는 아버지의 말이 그때까지 내 귀에 따라다녀서 나는 도저히 그렇게 음식을 먹을 수가 없었다. 아이들이 엄마는 안 먹냐고 재촉을 해도 응응 대답만 하면서 딴전을 피웠다. 언제부터 내가 길거리 음식을 먹기 시작했는지는 모르겠는데 아마도 아이들이 자주 길거리에서 군것질거리를 사 먹으면서 나도 하나둘 먹기 시작했던 것 같다.

아버지의 그 말은 길남이 어머니의 말과 같다. 가난하더라도 사람으로서 지켜야 할 것은 지키며 살아야 한다는 규칙들을 그 세대의 사람들은 그렇게 가르쳤다. 그러나 시골의 마당 있는 집에서 굶지 않고 살았던 나에 비해 길남이가 살았던 마당 깊은 집은 여름철 장마가 지면 "방문 앞 쪽마루가 남실거릴 정도로 마당은 물바다를 이루었고, 마당 가운데 붕긋 솟은 화단은 섬이 되어 떠" 있는 집이었다. 주인이 사는 안채는 높은 축담을 올라야 하는 곳이지만 가난한 피난민들이 사는 집은 그렇지 못했다. 요즘도 장마철이면 TV 화면으로 보이는 장면들이 아마도 그 집에서는 해마다 되풀이되었을 것이다.

따지고 보면 그 시대를 산 사람들에게 중요한 것은 반공이라는 이데올로기가 아니라 먹고 사는 생존이었다. 밤이면 이불을 덮고 누울 방 한 칸과 배가 고프면 먹을 음식을 구하기 어려운 시절이었으니 이데올로기가 그들에게 무슨 영향을 끼쳤겠는가. 그들은 그렇게 황야 같은 시간을 견뎌왔다.

요즘도 가끔 약전골목을 지나 화교 학교가 있는 종로거리를 지나거나 향촌동 골목을 다니면 육이오 전쟁 때 대구로 몰려왔을 피난민들을 떠올린다. 그래도 그들은 살아 있었던 사람들의 이야기이다.

삼성역 철로

이동하의 『우울한 귀향』

- 경산

오밤중에
눈이 뜨였다

산그늘에 묻힌 두 대의 신호기 중 하나가 빨간 불을 달고 있었다. 그것이 서서히 다가오더니 이윽고 멎었다. 차가 정거한 것이다. 조금 후에 그 빨간 불은 꺼져버리고 대신 파란 불이 켜졌다. (…) 멀리서 기적 소리가 둔하게 울려왔다. 그것은 곧 메아리가 되어 일순 머리 위 허공을 가득 채우고는 긴 여운을 남기면서 골짜기로 사라져 갔다. 산 그늘에 묻혀들었던 예의 차가 산모퉁이를 돌아가는 것이 보였다.

이제는 차가 정거하지 않는 삼성역, 서울에서 삼성까지 열 시간 이상을 세찬 바람 속을 뚫고 달려와 경부선 위를 달려온 완행열차가 더 이상 멈추지 않고 기적 소리만 울리며 그대로 굴 속으로 들어가 버리는 역에는 초여름의 찔레꽃이 하얗게 피어 있었다.

백 년은 넘었을 낮은 다리 아래에는 한때 아이들이 멱을 감고 고기를 잡던 백사장은 사라지고 오랫동안 준설작업을 하지 않은 강바닥이 한껏 높아진 채 파랗게 풀들이 자라고 있었다. 다리를 건너자 사람이 다니지 않는 오솔길에는 웃자란 풀들이 작은 오솔길마저 뒤덮은 채 무성하게 우거져 있었다. 그때 아이들은 철길을 따라 걸어 올라와 그 작은 다리를 건너 남천국민학교를 다녔다. 그나마 강에는 다리라고는 그것 하나밖에 없어 장마라도 지면 다리를 건너지 못해 철둑 위에서 발을 동동 굴러야 했다. 그렇게 아이들이 걸으며 통학 길이 되어 주었던 철길에 인적은 끊어지고 사람이 더 이상 오지 않는 간이역의 기차 시간표는 2004년 7월 15일 자로 멈추어 있었다. 그날 이후 삼성역은 기차가 서지 않는 폐역이 된 것이다. 그러나 역사에 사람이 오건 말건 역사 앞의 벚나무는 저 홀로 세월을 견디며 아름답게 늙어가고 있었다. 벚꽃이 필 때면 그 꽃을 보러 사람들이 모여든다니 역사가 홀로 심심하지는 않아 다행이다.

역사 옆의 직원관사는 그때의 기와를 그대로 이고 있어 완연히 노후한 티를 내며 허물어지고 있거나, 한쪽을 개조하여 사람이 살고 있었다. 여름이 되자 아무도 관심을 가지지 않는 삼성 역사와 직원관사를 잇는 그 공간은 숲만 무성하게 우거지고 오래된 나무 그늘이 짙게 내려앉아 있었다. 그 삼성역을 통해 이동하의 소설 『우울한 귀향』의 윤의 삼촌은 육이오가 나기 전에 군대에 갔다. 그리고 어느 날 기찻길 근처에서 농사를 짓던 농

삼성역사

부가 기차가 지날 때 누군가 자꾸만 윤의 이름을 부르는 것만 같아 기차 쪽으로 다가가 보니 흰 종이 하나가 기차에서 펄럭이며 날아왔다. 윤의 삼촌이 군대에서 다쳐 후방의 병원으로 간다는 편지였다. 그리고 한참 후 또 그런 방식으로 흰 종이 하나가 날아왔다. 이번에는 아픈 몸이 완치되어 다시 전방으로 간다는 편지였다. 그 이후 윤은 기차 소리만 나면 삼촌이 편지를 날려 보낼까 해서 기찻길만 쳐다보았지만 그 이후 삼촌은 더 이상 편지를 보내지 않고 무사히 제대를 하고 왔다. 그리고 육이오가 터져서 삼촌은 다시 군대에 가야 했다.

　마을의 유일한 부잣집인 순임이네와 원수로 지내던 철이 형이 빨갱이들과 함께 귀등골에서 목에 죽창을 꽂아 순임이 아버지를 죽였다. 그리고 물레방앗간에서 10년을 숨어 살던 것을 뒷

삼성역 가는 다리

바라지하던 철이가 더 이상 견디지 못하고 형을 신고하고는 울며 떠나버린 것도 그 역이었다. 많은 사람이 역을 통해 마을을 떠나갔다. 윤 역시도 자라면서 마을을 떠났다가 10년 만에 대학 졸업을 앞두고 고향으로 돌아왔다. 졸업이라고 하지만 앞은 아무것도 보이지 않았고, 과거를 생각해도 좌와 우의 이념대립과 전쟁의 몸살을 앓았던 기억만 남아있는 고향으로 다시 돌아오는 우울한 귀향이었다.

　면 소재지의 초라한 마을이 있는 그대로의 모습을 내 앞에 드러냈다. 바람이 흙먼지와 티끌을 몰아가는 벌거숭이 길가에 면사무소 건물이 있었다. (…) 면사무소 앞에 우체국 건물이 서 있었다. (…) 그

외 주점이 몇 개, 식당 겸 주점 겸 버스 매표소 하나, 손바닥만한 간판을 단 유선방송사 하나가 새로 생겨 있었다. 그뿐, 거리는 텅 비어 있었고 간혹 짐을 만재한 트럭이 흙먼지를 일으키며 터덜터덜 굴러갈 따름이었다.

소설에서처럼 삼성역이 가까운 남천면 소재지는 여전히 면사무소가 길옆에 있었고, 그 옆의 작은 우체국은 빨간 간판만 남긴 채 작은 카페로 변해 있었다. 그리고 몇 개의 식당 겸 주점이 있었고, 이제는 포장이 되어 더 이상 흙먼지를 일으키지 않는 도로에는 차들이 한적하게 다니고 있었다. 면사무소 맞은편 시장이 있었다는 곳에는 커다란 창고 하나가 서 있었다. 소설 속의 그때와 별로 달라질 것도 없는 풍경이었다. "어느 해 겨울, 그 나무들 중의 제일 높은 가지에 연이 하나 걸려" 있었던 말라비틀어진 학교 앞의 느티나무는 이제는 늙어 둥근 허리를 한껏 휘고 있었다.

소설 『우울한 귀향』의 무대인 삼성역을 찾아가는 내 마음에도 얼마간의 우울이 묻어 있었다. 시골의 소읍이라고 해봤자 세월이 간다 해도 별로 달라질 것 없는 것이야 이미 알고 있었지만 국적 없는 컨테이너 공장 건물들이 들판의 여기저기에 불쑥불쑥 서 있을 것은 뻔한 일이었다. 그 건물들을 헤치고 맞은편 산허리를 돌아가는 경부선의 작은 역사 삼성역과 이동하가 다녔다는 남천초등학교와 그가 일본에서 돌아와 살았던 대명리는

1. 삼성역 마지막 열차 시간표
2. 삼성역사 내부
3. 삼성역장 관사
4. 삼성역 직원 숙소

51

소설 그대로의 살아있는 배경이었다. 그나마 발전이 더뎌서 아직 소설의 무대가 묘사대로 남아 있는 곳이 많아서 반가웠다. 그러나 그곳들은 찾는 이 없이 방치되어 있었다. 간혹 폐간이역을 찾아다니는 사람들이 벚꽃을 보러 들른다는 것 말고는 그곳이 『우울한 귀향』의 주요 무대임을 표시하는 이정표는 어디에도 없었다.

『우울한 귀향』은 이동하의 자전적 소설이기도 하지만 우리 근대사의 아픈 기억이기도 하다. 소설에는 지주 집안과 끝없는 갈등 속에서 함께 몰락해 가는 두 집안이 있고, 해방 후 좌와 우로 나뉘어 극심한 이념의 대립을 겪었던 육이오 전후사에서 이유도 모른 채 죽어가야 했던 농민들의 아픈 역사가 기록되어 있다. 무며 배추며 고구마 따위를 묻어 두었던 구덩이 속에서 노란 옷을 입은 시체가 발견된 후 윤의 삼촌은 마을을 떠났다. 삼촌은 자주 윤에게 꽝철이란 새에 대한 이야기를 해주었다. 어찌나 큰지 한쪽 날개만 펼쳐도 하늘이 온통 가리어지는 그 새는 꼭 삼백 년 만에 한 번씩 이 마을에 나타나는데 그 해가 곧 닥쳐온다는 말을 자주 했다. 그리고 그 새가 나타나면 꼭 잡아주겠다고 삼촌은 큰소리를 탕탕 쳤다. 장자에 나오는 붕새 같은 새였다.

꽝철이라는 말은 오랜만에 들어보는 잊어버린 말이었다. 내 아버지도 가끔 '꽝철이 같은 놈' 이란 말을 했었다. 황당하고 어이없는 일을 하는 사람을 보면 '순 꽝철이 같은 놈' 이라고 헛기

침을 하곤 했었는데 꽝철이라니, 혹시나 해서 자료를 찾아보니 전승되어 오는 괴물이라는 기록이 있다. 『지봉유설』에 "강철(꽝철)이 가는 곳은 가을도 봄 같다"는 말이 있는데 그 강철이란 근방 몇 리의 식물을 모두 태워 죽이는 괴물이라는 것이다. 심지어 육이오가 발발한 후 동아일보에 강철이 목격담까지 실렸다니 어릴 적에 가끔 들었던 꽝철이가 『산해경』에나 나오는 황당한 괴물은 아니었던 모양이다. 아버지는 어찌나 지어낸 이야기를 잘 해주시는지 소설이나 쓰면 딱 어울리는 분이었다. 어린 우리는 아버지의 이야기가 시작되면 모두 귀를 기울이며 홀딱 넘어가곤 했는데, 앞산에 사는 온갖 동물들 속에 꽝철이도 있었다. 그 꽝철이가 나타나며는… 이렇게 이어지는 이야기를 그동안 잊고 살았는데 소설에서 이 말을 발견하고는 어찌나 반가웠던지 한참 동안 완전히 허풍이라고 생각했던 아버지가 들려주시던 이야기를 생각했다.

지주 집안인 순임이 아버지에게 덕석말이를 당했던 철이 형이 순임이 아버지를 귀등골로 끌고 가 목에 죽창을 꽂은 후 사라지고 마을에는 빨갱이들이 자주 나타났다.

한번은 오밤중에 눈이 뜨였다. (…) 낯선 사람이 둘, 아버지와 마주 앉아 있었기 때문이다. (…) 방바닥엔 문종이로 철한 두툼한 책이 하나 펼쳐져 있었고 거기 많은 사람들의 이름이 붓글씨로 적혀 있었다. 그리고 그 이름들 밑에는 도장, 혹은 지장들이 붉게 찍혀 있었다.

그것이 피처럼 섬뜩한 느낌을 주었다. 아마도 그 낯선 사람들은 아버지도 거기다 이름을 올리라고 하는 모양이었다.

윤이 아버지는 그 사람들이 빨갱이라고 했다. 마을 사람들은 저녁마다 그런 일을 당했고, 몇몇 사람들은 그들이 무서워 그 책에다 이름을 올리고 도장을 눌렀다. 그리고 난리가 터졌고, 그들은 지서 뒤의 산기슭에 임시로 판 토굴 속에서 여러 날 동안 갇혀 있다가, 다른 곳에서 붙잡혀 온 더 많은 사람들과 함께 어디론가 실려 갔다. 그들은 빨갱이거나 부역자들이었지만 그들의 극성스러운 공갈에 도장 한번 눌렀다가 억울하게 걸려든 사람도 많다고 하면서 윤의 아버지는 치를 떨었다.

후에 그 많은 사람들은 말짱 죽음을 당했다고 한다. 마을에서 남쪽으로 사오십 리 떨어진 깊은 산골짜기에 폐광이 하나 있었는데, 그곳이 그들의 공동묘지가 되었다는 것이다.

그렇게 그들이 끌려가 묻혀버린 공동묘지가 바로 경산의 국민보도연맹사건으로 약 3,500명의 사람들이 매장되었다는 코발트광산이다. 윤의 마을, 남천면 대명리 뒷산을 넘으면 그 폐광이 있었다. 이 소설이 처음 발표된 해가 1967년 《현대문학》지의 제1회 장편소설 공모에 당선되었을 때였으니 경산 코발트광산은 이미 경산 지역의 모든 사람들이 알고 있는 광산이었다. 다만 빨갱이나 부역자로 몰리기 싫어 모두들 입을 다물고 살았을 뿐이다. 한 번 빨갱이나 부역자로 몰리면 연좌제로 인해 한 집안이 거덜나던 시절이었다.

경산으로 가면서 경산신문사의 최승호 대표에게 전화를 걸었더니 포도밭에서 일을 하다가 작업복을 입은 채로 나왔다. 경산을 위해서라면 발 벗고 나서는 분이라서 고마우면서도 미안했다. 2007년부터 이 코발트광산의 발굴에 참여하고 그 내막을 밝히기 위해 동분서주했던 그와 함께 광산으로 향했다. 최 대표는 이 소설의 무대가 된 대명리에 거주하는 사람으로 소설의 무대를 그대로 보존하기 위해 동분서주하는 분이었다. 그가 말해주는 코발트광산의 실체는 참혹했다.

광산 아랫마을의 평산동 아이들은 어렸을 때 마을 뒷산에서 뼛조각을 주워서 뼈맞추기 놀이를 하며 자랐다고 했다. 산에 지천으로 널린 것이 사람의 뼈인지라 그것이 특별히 무섭다는 생각보다는 재미있는 놀이였다는 것이다. 코발트광산은 수직굴 2개와 수평굴 2개가 있는데 거기가 좁아 더 이상 매장하지 못한 사람들은 산에서 죽인 그대로 흙만 얇게 덮어 놓았는데 그것이 세월이 가면서 유골이 드러난 것이다. 산 아랫마을의 아이들은 그 참혹한 역사는 알지 못한 채 그렇게 가지고 놀았던 것이다.

그 산에서 열리는 산딸기는 언제나 다른 곳보다 훨씬 크고 맛있어서 산딸기 익는 철이 되면 일부러 산딸기를 따먹으러 오곤 했는데 그게 알고 보니 그 당시에 희생된 사람의 피와 살을

위령탑   경산 코발트광산 수평갱 입구

거름으로 한 딸기였다고도 했다. 유골이 여기저기 널려 있어도
어리다 보니 그러려니 했었고, 그 산의 산딸기가 왜 그렇게 크
고 맛있는지 생각하지도 못했다는 것이다.

　나는 사람이 어디까지 잔인할 수 있고 얼마나 비인간적일 수
있는지를 알지 못한다. 죽은 사람 중에는 부자들도 많아서 금니
를 한 사람들이 많았는데 마을 사람 한 명이 수직갱을 타고 내
려가 그 금니를 빼 와서 팔곤 했는데 결국은 그 수직갱을 영원
히 올라오지 못했다고 한다. 자식들이 그 갱으로 내려가 3일 동
안이나 찾았지만 결국 찾지 못했다니 혼들의 저주를 받은 것인
가.

　더 어이없는 것은 보도연맹사건을 알지 못하는 요즘의 젊은
이들이 이 코발트광산에 와서 유령놀이를 하며 담력실험을 한
다는 것이다. 그렇게 유령놀이를 할 데가 없어서 억울한 원혼들
이 잠들지 못하고 있는 그곳에서 그런 짓을 한다니 우리의 역사
교육이 얼마나 왜곡되고 부실한지를 보여준다.

　소설에서처럼 실제로 빨갱이들도 있었고 부역자들도 있었지

코발트광산 탄피

만 대부분은 경산의 농민들이었다. 그들은 소설에서처럼 강요에 못 이겨 도장을 찍거나, 심지어는 강제 할당된 인원을 채우기 위해 관에서 고무신을 나눠주면서 거기에 이름을 적으라고 했다는 것이다. 젊은 사람들에게 공부를 가르쳐 준다고 해서 배우러 간 사람들이 이름을 적은 경우도 있다고 하는데 그렇게 이름이 적힌 사람들은 육이오가 일어나자 적에게 협조할 우려가 있다고 모두 살해한 것이다. 국민보도연맹은 좌익의 교화 및 전향을 목적으로 조직된 단체인데 단체의 인원수를 무리하게 채우다 보니 농민들의 억울한 희생이 많았다.

역사는 기억이다. 기억은 세대를 지나 후대로 이어지고 그 기억의 말들은 전승되어 잊히지 않는다. 그러나 보도연맹사건의 희생자들은 빨갱이라고 낙인이 찍히고 가족들은 연좌제에 묶여 제대로 사회생활을 할 수 없었다. 그래서 희생을 드러내기보다 오히려 감추려고 한다. 마치 위안부들처럼 그들도 감추고 묻으려 하다 보니 희생자의 실체가 제대로 드러나지 않는 것이다.

소설의 무대를 찾아서 페코발트광산까지 가게 되었다. 그리고 그곳에서 보고 들은 것은 참혹했다. 저 문 닫힌 폐광의 슬픔을 누가 울어 줄 것인지, 저 속에 갇힌 이들은 언제 그늘에서 나와 집으로 돌아갈 것인지 아득하기만 했다. 그렇게 마을 사람들을 광산에 묻고도 전쟁은 계속되어 동구 밖으로는 피난민들이 물결을 이루었다. "이른 아침에 동구로 나가보면 이슬로 축축하게 젖은 강변에 난민들이 하얗게 깔려 있었다. 그들은 나뭇가지를 주워다가 냄비밥을 끓이고, 마을에서 날된장을 얻어다가 비벼 먹었다."

내가 아버지에게서 들은 이야기와 같은 전쟁 이야기였다. 철길 위로는 젊은이들을 실은 기차가 북으로 올라가고 부상병들을 실은 기차가 후방으로 내려갔다. "북으로 올라가는 기차에서는 우렁찬 군가가 흘러나왔고, 남으로 내려가는 차에선 조용한 침묵 속에 흰 붕대들만 어른어른 내비쳤다." 그리고 윤은 삼촌이 기차에서 편지를 날려 보내줄까 해서 기차가 지나갈 때까지 한 그루 나무처럼 동구에 서 있곤 했다. 집안이 몰락해 버린 순임이는 결국 귀등골에 있는 정형사 주지에게 시집을 갔다.

대명리에서 가까운 절골에는 예전에는 정절이라 불리던 경흥사가 있다. 대웅전만 있던 작은 절로 한때는 살림을 하던 절이었다고 하는데 지금은 제법 규모를 갖춘 절로 1637년에 창건된 사찰로 알려져 있다. 아마 작가는 이 경흥사를 배경으로 쓴 듯한데 맥반석이 많이 나온다고 알려져 있는 계곡을 따라 이 절을 구경하는 재미도 괜찮다. 결국 이 소설의 배경이 된 삼성역을 돌아 남천초등학교가 있는 면소재지를 거쳐 대명리를 돌아본 후 경흥사에 올랐다가 경산 코발트광산을 둘러봄으로써 우리는 한꺼번에 소설 속에 스며 있는 시대의 아픔을 그대로 느끼게 되는 것이다.

인간의 삶은 기억의 과정이다. 기억은 변형될지언정 소멸되지는 않는다. 윤은 나중에 서울에서 철이를 만났지만 철이는 한사코 윤을 아는 척하지 않는다. 윤에게나 철이에게나 진저리나는 젊음이었다. 얻을 것도 간직할 것도 없는 허망한 젊음, 퇴락한 역사나 별로 달라지지 않은 면 소재지나 수천 명의 죽음을 품고도 고요한 광산은 기억할 것이다.

언젠가 경산에 사는 사람으로부터 광산에서 불어오는 시원한 바람 때문에 여름이면 돗자리를 가지고 거기 가서 놀다 온다는 이야기를 들은 적이 있다. 그때 나는 그 광산의 모든 유골이 수습되고 위령제를 지내 원혼을 위로하는 최소한의 절차는 끝난 줄 알았다. 그러나 아직 3천 구에 가까운 시신이 광구 안에 그대로 있다니, 거기서 나오는 시원한 바람과 한때 핏물이 흘러내렸다는 계곡의 물은 그 속의 사람이 만들어내는 바람이고 물인 것이다. 그리하여 우리 모두는 과거로 우울한 귀향을 해야 할 것이며 지우고 묻기보다 드러내고 보존하는 길을 택해야 할 것이다. 그리고 그 모든 기억 속의 사람들은 삼성역에서 기차를 타고 먼 여행을 해야 할 것이다.

권정생동화나라

권정생의 『몽실언니』

- 안동

울도 담도 없어 숨기지 않아도 되는
편한 집, 빌뱅이 언덕

"울도 담도 없는 집에 이사 와서 벌써 두 주간이나 됩니다. 숨기지 않아도 되는 생활은 참으로 편합니다. (…) 외딴집에 있으니까 많이 아파도 마음대로 아플 수 있어서 참 편합니다."

창비에서 『몽실언니』를 오천 부나 초판본으로 내고 받은 인세 75만 원이 권정생에게는 어마어마하게 많았다. 그래서 이오덕에게 "75만 원 통상환 증서를 받아놓고 우체국에 어떻게 이 많은 돈을 찾으러 갈까 자꾸 쑥스럽고 이상합니다."라는 편지를 쓴다. 결핵과 늑막염 때문에 평생 아픈 몸으로 40여 년간 100권이 넘는 동화집을 남긴 권정생의 집은 남루했다. 먹고 살기 위해 외지로 나갔다가 아픈 몸으로 다시 돌아온 조탑리는 이제 권정생을 상징하는 마을이 되었다. 마당에 있는 큰 돌 너머로 낡

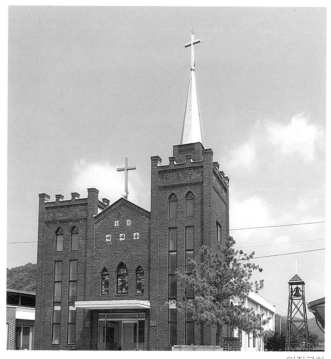
일직교회

은 슬래브 지붕이 보이고 회칠을 하지 않은 시멘트벽이 그대로 드러나 있었다. 너무 가난해 원고지를 살 돈이 없어 장마당에서 주워 온 종이에 동화를 쓰면서 습작을 한 그는 배운 것도 없었고, 집도 돈도 친구도 없었다. 그가 가진 것이라고는 열아홉 살에 얻은 폐결핵과 늑막염, 그리고 평생을 옆구리에 차고 다닌 소변 주머니였다. 그는 조탑리 어귀에 있는 일직교회의 종지기로 살면서 밤에 통증이 시작되면 고통을 참을 수 없어 밤새도록 교회에 가서 기도를 했다.

권정생 집

　권정생의 집만큼이나 교회도 작고 초라했다. 그는 종지기를 하는 동안 한겨울에도 장갑을 끼지 않은 맨손으로 종을 쳤다. 맨손으로 종 줄을 조정하며 잡아당겨야만 세상에서 가장 아름다운 종소리가 난다고 믿었기 때문이다. 그의 간절함은 종소리가 되어 새벽마다 조탑리 마을에 퍼져 나갔다. 마을은 가난했다. 가난한 사람이 빌뱅이 언덕에 피어나는 들꽃만큼 많았다. 가난은 마을에 수많은 사연을 만들어 내었고, 그는 그 가난이 개인의 문제가 아니라 사회의 문제라는 것을 알고 있었다. 베트남전쟁이 터졌을 때 마을의 청년이 죽었다는 통지가 오고 난 며칠 후 그 청년이 살았던 오두막집 기둥에는 '충절의 집'이라는 조그마한 양철 조각이 붙었다. 할머니의 통곡은 그 양철 조각을 넘지 못했다. 정부는 그 양철 조각으로 국민의 죽음을 대신했다. 권정생은 전쟁을 반대하는 동화를 쓰기 시작했다. 아름다운 이야기만을 아이들에게 들려줄 수는 없다고 생각한 것이다. 빌뱅이 언덕에 사는 사람이 아름다운 이야기만을 쓴다면 그것은 동화가 아니라 상상의 나라를 만드는 것이나 마찬가지였다.

처음 빌뱅이 언덕을 찾아간 날은 늦은 가을이었다. 아직 포장도 되지 않은 풀 사이의 흙길을 걸어 도착한 집은 장난감 같았다. 방문 하나가 있는 작은 집, 약 5평이라는, 내 평생에 그렇게 작은 집은 처음 보았다. 그 작은 집은 그나마 우거진 수풀 사이에 숨어 있어서 풀을 헤치고 들어가야 했다. 집보다 더 넓어 보이는 마당에는 꽃들이 피어 있었고, 동네 청년들이 파주었다는 우물이 있었고, 커다란 바위 하나가 있었다. 권정생이 살아서 딱 좋은 집이라 여겨졌다. 그는 가난을 두려워하지 않았다. 다만 통증이 심해지면 병원에 갈 돈이 없어 몇 번인가 이오덕이 돈을 보내주곤 했다. 흙이 자욱한 시멘트 축대 위에 한참을 걸터앉아 빌뱅이 언덕 아래를 바라보았다. 아마 그도 그랬을 것이다. 그도 몸이 아프지 않은 날은 자주 그 축대에 앉아 논도 바라보고 하늘도 보고 날아다니는 새도 보았을 것이다.

권정생이 살았던 집을 찾아간 날, 집 앞의 작은 다락논에서 늙은 농부가 고구마를 수확하고 있었다. "거기 뭐 할라꼬 왔능교?" 농부가 먼저 물었다. 할 말을 찾지 못해 가만히 웃는 나에게 농부는 다시 말했다. "거기 글 쓰는 노인이 살았다 하던데."
어쩌면 그는 권정생을 잘 알고 있는 사람인지도 몰랐다. 우물을
파주었거나, 처음 그 집을 지을 때 함께 집을 지어 준 동네 청년
이었거나 펌프를 설치해 준 마을 사람인지도 몰랐다. 권정생은
조탑리 마을 사람들의 도움으로 살았고, 그 정을 잊지 못해 마
을을 떠나지 않았다. 이오덕에게 쓴 편지에서 "선생님, 이곳 일
직을 떠나려니 정든 아이들과 사람들 때문에 아무래도 안 될 것
같습니다. (…) 저는 이대로 일직에 눌러있기로 마음먹었습니
다. 연탄아궁이도 새로 고치고 연탄 2백 장도 들여놓았습니다."
라고 쓴다. 그리고 마을 사람들이나 마을에 터전을 두고 살아가
는 생명의 이야기를 동화로 썼다.

　농부는 서둘러 일을 하지 않고 고구마 줄기를 손에 든 채 내
가 말을 걸어오기를 기다리고 있는 듯이 보였다. 그러나 나는
한 칸 처마 낮은 집의 위용에 눌려서 말을 잃어버리고 있었다.
저 지붕 낮은 집에서, 남루함이 묻어나는 벽을 기대고 그는 자
주 고통에 몸부림쳤을 것이다. 집을 짓고, 동네 청년들이 우물
을 파주고, 더 늦게 펌프를 설치하고 찍은 사진이 있었다. 펌프
를 설치하기 전에, 우물을 파기 전에 그는 그 몸으로 어떻게 물
을 길어 먹었을까. 나로서는 불가능한 일이었을 것이다.

　나는 오랫동안 권정생만큼은 아니지만 아프다. 30년 가까이
된 편두통은 예기치 않은 날 기습적으로 머리를 헤집기 시작하
고 그런 날은 꼼짝없이 병에 항복한다. 항복 말고는 방법이 없

빌뱅이 언덕 가는 길

다. 어떤 날은 머리만 따로 떼어내서 맑은 물로 씻어내면 통증이 사라질까 하는 생각도 한다. 그러나 속수무책, 속절없다. 그렇게 오랫동안 통증과 함께 살아오다가 문득 깨달았다. 병을 이기려고 해서는 안 된다는 것을, 병과 더불어 살아가야 한다는 것을, 아무도 통증의 깊이를 헤아리지 못하지만 팔과 다리와 눈처럼 편두통도 내 몸의 일부라는 것을 깨달았다. 그리고 그것은 시도 때도 없이 존재를 드러냈다. 아프고 아팠지만 내 몸에서 떼어낼 수 없는 존재였다.

약을 먹어도 통증이 사라지지 않는 날이면 아무에게도 말하지 않고 어두운 방 안에 드러눕는다. 그리고 가만히 통증이 사라지기를 기다린다. 기다림은 지루하고도 고통스러워 잠을 청하지만 통증이 깊은 날은 잠도 몸으로 스며들지 않는다. 통증은 마치 내 뼈의 전부, 내 피의 길마다 춤추며 돌아다니는 것 같다. 나는 그렇게 통증과 함께 살아왔다. 가끔 아이가 내 손을 잡으며 "엄마, 아직 아프나?"라고 물었고, 치우지 못한 집 안을 치웠다. 아이가 설거지하는 소리가 들리면 통증 사이사이로 가슴이 아팠다. 언젠가 한 번은 친구가 통증 때문에 약속을 지키지 못한 나를 비난하면서 자기 같으면 약을 먹고 참으면서 약속을 지킬 것이라고 말해서 눈물이 났다. 약을 먹고 참을 정도가 되면 아프다는 말도 안 할 것이라는 말은 하지 않고 다시는 그 친구를 만나지 않았다. 내 몸의 아픔을 타인은 모른다. 그래서 아픈 사람이 아픈 사람을 이해하고, 가난한 사람이 가난한 사람을 돕는다. 타인의 고통에 공감하기 때문이다.

　권정생은 일직교회 문간방에서 고통에 시달리다가 《기독교교육》에서 시행하는 제1회 기독교아동문학상 현상모집 공고에 「강아지똥」을 출품하여 일등을 했다. 그리고 받은 상금 1만 원 중에서 5천 원을 떼어 새끼 산양 한 쌍을 샀다. 산양 젖이 몸에 좋다고 하여 키울 생각이었다. 그리고 500원으로 쌀밥이 먹고 싶어 쌀 한 말을 샀다. 「강아지똥」은 자신의 병 때문에 매일 새벽마다 집 뒤꼍의 뽕나무 아래에 정화수를 떠놓고 기도하고, 들일을 하고 돌아오는 길에는 산에서 약초를 캐거나 들에 나가 메뚜기와 개구리, 심지어 뱀까지 잡아 온 어머니를 생각하면서 쓴 글이었다. 강아지똥이 비를 맞아 빗물에 떠내려가 예쁜 민들레로 피어난다는 이야기는 자신의 어머니 이야기였다. 조탑리 동네를 돌아다니면 강아지똥이 너무나 흔했고 그것들은 더러워서 사람들이 피하는 것이었지만 비가 오면 땅으로 스며 꽃으로 피어나는 것을 자세하게 관찰한 이야기이기도 했다. 그는 동네에서 보는 꽃이나 나무, 까치, 참새 등을 소중히 여겼다. 그리고 푸른 하늘과 달과 별, 아름다운 새소리, 정겨운 이웃과 서로 바라보고 웃고 땀 흘리며 함께하는 것이 바른 삶이라고 생각했다. 조탑리는 그의 동화의 원천이었고, 그리움의 샘이었다. 그는 그곳에서 아팠고, 사람을 그리워하며 외로워했고, 어머니를 그리워했다.

　몸이 아픈 그에게 어머니는 사무치게 그립고 아픈 존재였다.

어머니는 거기서도

바람머리 앓으실까

……

겨울밤 어머니 방엔 군불 많이 지피실까

솜이불 두꺼운 걸로 덮고 주무실까

방바닥엔 삭자리 깔았을까

짚자리 가지런히 깔았을까

윗목에 물레실 자으시다가

어머니는 밤늦게 잠자리 드시는 걸까

- 「어머니 사시는 그 나라에는」 중에서

　　그는 겨울밤 불을 많이 지핀 방에서 자면 어머니께 죄스러워 불을 제대로 때지 않았다.

　　권정생을 권정생으로 만들어 준 사람은 이오덕 선생이다. 이오덕은 권정생의 동화가 대구 《매일신문》에 실렸을 때 그에게 관심을 가졌지만 만나지는 못했다. 그때는 전쟁이 끝나고 반공을 국시로 삼은 서슬 퍼런 시대였는데 전쟁을 반대하는 주제로 동화를 쓰는 작가가 있다는 것이 놀라웠다. 그는 권정생을 꼭 한번 만나야겠다고 생각했지만 뜻대로 잘되지 않았다. 그러다가 권정생이 조선일보 신춘문예에 당선되면서 드디어 이오덕은 권정생을 찾아온다. 어렵게 일직교회를 찾아온 그는 큰 목소리로 권정생을 불렀다. 그날 그는 일직교회 문간방에서 하룻밤을

자며 밤새도록 권정생과 이야기를 나누었다. 권정생에게 평생
의 정신적 버팀목이 되어 준 이오덕과의 첫 만남은 그렇게 이루
어졌다. 이후 이오덕은 권정생의 원고청탁부터 책 출간, 원고료
등 온갖 사소한 일들에 신경 쓰며 권정생을 도왔다. 원고료와
인세를 받아 권정생의 병원비와 생활비를 보태기 위해 동분서
주했다. 그가 권정생에게 쓴 편지에는 이런 내용이 있다. "저자
에 대한 예우는 인세로 해달라고 했습니다. 인세가 1할이라고
합니다." 권정생의 유일한 수입은 인세와 원고료였기 때문에 그
는 야박하리만치 권정생의 인세와 원고료에 집착했다. 그것은
돈 이전에 권정생에게는 목숨줄이었다.

그와 권정생이 주고받은 편지는 후에 『선생님, 요즘은 어떠
하십니까: 이오덕과 권정생의 아름다운 편지』라는 제목으로 출
간되었다.

살아가면서 인생의 동지를 만나기는 쉽지 않다. 한 사람은
끝없이 도와주고 한 사람은 끝없이 도움을 받는 관계가 과연 성
립할까, 둘이 주고받은 편지를 보면서 그 생각을 했다. 기댈 곳
이 없는 권정생은 이오덕을 알고부터 그에게 자신의 삶을 기대
었다. 기댈 사람이 있다는 것은 그에게 살아갈 힘을 주었다. 이
오덕은 무지개 같은 세상만 이야기하는 동화만 있는 세상에서
힘들고 어려운 이웃과 전쟁으로 고통받는 사람들의 삶을 이야
기하는 권정생의 동화가 많은 사람에게 충격을 줄 것이라고 믿
었다.

빌뱅이 언덕

　그리고 이오덕을 통해 이현주 목사를 만나면서 권정생은 이
오덕에게 이제야 친구가 어떤 것인지를 알게 되었다고 말한다.
그만큼 권정생은 그 가난한 빌뱅이 언덕에서도 소외되어 있었
던 것이다. 그는 이오덕에게 편지를 쓴다. "저는 새벽종을 칠 때
가 하나님을 만나는 시간인 것 같습니다. 추운 겨울 캄캄한 새
벽에 종 줄을 잡아당기면서 유난히 빛나는 별들을 바라볼 때 특
히 그렇지요."

　그가 하느님을 만나며 종을 치던 일직교회의 종은 아쉽게도
1983년에 철거되었다. 여전히 남루하긴 하지만 지금의 종탑은
2008년 대구에 거주하는 한 유치원장이 그를 기리는 마음으로
기증한 것이다. 세상의 사물 중에서 영원한 것이 없으니 나무랄
수 없는 일이다. 그러나 나는 그가 맨손으로 하나님을 만나기
위해 새벽마다 종을 쳤던 그 종탑을 보고 싶다. 아마도 그 종은

틀림없이 하느님에게 닿았으리라. 하느님보다 더 낮은 마음으로 더 가난하고 더 핍박받았으며 더 외로웠던 한 사람이 하느님에게 닿기 위해 새벽마다 아픈 몸을 끌고 쳤던 그 맑은 종소리를 들을 수 있었으면 얼마나 좋았을까.

조탑리를 돌아다니면서 보니 그 동네도 슬슬 권정생을 이용한 개발의 기지개를 켜고 있었다. 조탑리는 가난한 동네였다. 권정생은 안동의 문인들을 만나면서 느낀 소회를 이오덕에게 편지로 써 보낸다. "얘기 중에 자주 양반 이야기가 나오고, 안동은 양반 도시라는 추상적인 이야기만 하더군요. 못마땅한 것은 양반이란 실체가 어떤 것인지 깊이 파고들지 않고, 왜곡되어 있는 점잖은 양반에 대한 은근한 우월감을 가진 것입니다. 양반이란 어디까지나 착취계급의 존칭어로서, 안동이 양반 도시라면서 그 몇몇의 양반 밑에 빼앗기며 종노릇을 했던 상놈들의 생각은 하나도 하지 못하더군요. 오히려 안동은 그렇게 수탈당한 노예들의 고장이라는 것을 깨닫게 되었으면 싶었습니다." 동화를 쓰긴 했지만 그는 사회문제에 깊은 관심을 가지고 있었고, 그래서 슬픈 동화만 쓰겠다고 말했다. 산다는 것이 눈물투성이인데 어떻게 행복하고 즐거운 동화만 쓰겠냐는 것이다.

그를 유명 아동문학가로 만든 「강아지똥」은 그가 동네를 다니면서 본 것들을 쓴 작품이다. 이제 그가 다시 살아 돌아온다면 「강아지똥」을 쓸 풍경들은 더 이상 없을 것이다. 「몽실언니」

는 90년대를 지나오면서 집집마다 있는 몽실언니들에게 모두들 죄책감을 가지게 했다. 우리 집에도 몽실언니가 있다. 맏딸은 살림 밑천이라는 말이 집집마다 맏딸을 몽실언니로 만들었다.

일직면에 있는 일직남부초등학교를 개조해 만든 권정생동화나라를 돌아보면서 나는 우리 집의 몽실언니를 다시 생각했다. 권정생의 동화는 여전히 현재진행형이다. 고통에 몸부림치며 썼던 원고들, 책을 주고 우표를 천 장 받아서 좋아하던 권정생의 삶이 우리 내면의 삶을 불러온다. 그만큼 아픈 사람도 저렇게 글을 쓰고 살았는데 나의 통증이 하찮게 느껴진다. 더불어 나의 몽실언니가 지금은 잘 살아서 얼마나 다행인지 고맙다는 생각도 든다. 전쟁으로 비참하게 살다 간 우리의 조상들, 가난하게 살았던 우리 윗세대의 아픔이 그의 동화에서 절절하게 울려 퍼진다.

『몽실언니』는 권정생의 친가가 있던 노루실과 외가가 있던 댓골을 배경 공간으로 하고 있는데 지금 권정생동화나라가 있는 옆 골짜기에 자리한 곳이 노루실이다. 댓골은 청송군 현서면 화목에 있는데 골짜기가 대나무처럼 곧게 뻗었다고 해서 붙여진 이름이다. 노루실은 권정생이 일본에서 돌아와 2년 가까이 살던 곳으로 거기에서 그는 수많은 몽실언니들을 보고 자랐을 것이다.

그가 죽고 나서 인세를 관리하는 유언장이 공개되어서 많은 화제가 되었다. 그의 유언장처럼 그는 다음에는 건강한 남자로 태어나 연애도 잘하겠지만 얼간이 같은 폭군이 많고 여전히 전쟁을 한다면 환생을 하는 것은 다시 생각해 보겠다고도 했다. 폭압적인 정치와 전쟁은 안동의 산골 마을 빌뱅이 언덕에 개망초처럼 살아간 그에게 많은 상처가 되었던 것이다.

눈 오는 날/ 김영동이 걸어가다가/ 꽈당하고 뒤로 자빠졌으면/ 속이 시원하겠다./ 오월달에/ 최완택이 산에 올라갔다가/ 미끄러져 가랑이 찢어졌으면/ 되게 고소하겠다./ 칠월칠석날/ 이현주 대가리에 불이 붙어/ 머리카락 다 탈 때까지/ 소방차가 불 안 꺼주면/ 돈 만 원 내놓겠다./ 올해 '목' 자가 든 직업 가진 몇 사람/ 헌병대 잡혀가서/ 곤장 백 대 맞는다면/ 두 시간 반 동안 춤추겠다./ 이 모든 것이 이루어져/ 모두 정신 차려 거듭나기를/ 예수 그리스도의 이름으로/ 기도하옵니다/ 아멘

- 권정생 「임오년의 기도」

그에게 평화가 찾아오기를.

하근찬 징검다리

하근찬의『수난이대』

- 영천

신세 조졌심더

북쪽이었다. 가물가물 멀어져 간 산
줄기 너머에서 무엇인가 번쩍 빛나는 것이 있었다. 번개 같았다. 그
리고 지금 우루루루—은은하게 산줄기가 울려오는 것이다. 우루
루—우루루—벼락이라도 떨어진 것일까. (…) 북쪽 산줄기를 타고
울려오던 우렛소리 같은 산울림 소리도 차츰 남쪽으로 멀어져 갔다.
그러나 세상이 어떻게 되었는지, 이 산마을에는 바람결에 간간 소문
만 들려올 뿐 아무런 변화도 일어나지 않았다.

- 하근찬의 「산울림」 중에서

한국전쟁은 나에게는 먼 전쟁이지만 나의 아버지는 직접 겪
은 전쟁이었다. 우리의 아버지들은 모두 한국전쟁을 겪으며 더
러는 상이군인으로 돌아오고 더러는 죽었으며 더러는 이렇게
아무 일도 없었다. 나의 아버지는 그때 막 열다섯이 되었을 무

렵이라 전쟁이 무엇인지 몰랐다고 했다. 산 하나만 넘으면 하근 찬이 태어난 영천이었고, 북한군들은 영천까지 밀려왔지만 다행히 집 뒤의 산을 넘지는 않았다. 한국군은 대한민국의 마지막 전선을 지키기 위해 치열한 영천전투를 치르고 있는 중이었다.

아버지가 살았고 나의 고향이기도 한 곳은 뒷산만 넘으면 영천에서 경주로 가는 국도가 멀지 않은 곳이다. 아직 어렸던 아버지는 소설의 묘사와 같이 번개처럼 불빛이 번쩍이고 쿵쾅거리면서 폭탄 터지는 소리가 나면 산 너머 전쟁 모습이 보일까 하여 뒷산에 올라가서, 그도 모자라 나무 위에까지 올라가 그 소리 나는 것을 보려고 했다. 그러나 뒷산을 넘어 피난민들만 밀려들어 올 뿐 한 번도 폭탄이 날아들거나 북한군들이 오지는 않았다. 끝없이 밀려 들어오는 피난민들은 마을의 아무 집이나 거처할 곳만 있으면 자리를 잡았고, 된장이나 간장은 그들에게 나누어 주느라 남아나지를 않았다. 가족들은 모두 한방에서 지내고 나머지 방은 피난민에게 내어 주어야 했다. 심지어는 창고나 마굿간이라도 몸을 누일 곳만 있다면 사람들은 자리를 잡았다. 대부분이 산을 넘어 온 영천 사람들이었다.

나의 시골집은 산 하나만 넘으면 바로 영천이다. 지금은 영천으로 차가 다니는 길이 있지만 당시는 토끼몰이나 할 정도의 오솔길이 있어서 영천 사람들과는 그 길을 통해 왕래하곤 했다. 아버지는 그런 환경에서 한국전쟁을 겪었으니 그저 소리와 피난민을 보는 것만으로 전쟁을 겪은 셈이다. 평소에는 그 토끼길을 통해 왕래하여 얼굴도 알며 지내던 사람들이었고, 전쟁통에 낯선 사람들이라 해도 영천 사람이라면 가족이나 마찬가지였다고 아버지는 말했다. "말도 마래이, 사람 사는 기 아니었다 아이가. 그렇게 눌러 살다가 나중에 영천으로 돌아간 사람도 있고 또 다른 데로 간 사람도 있고. 된장이고 간장이 어딨노. 우리만 먹을 수 있나. 끼 때 되면 된장 좀 달라고 나래비로 줄 서는데. 너거 할매가 사람이 좋아가 우리 집에는 피난민들이 많았제."

전쟁은 그랬다고 했다. 그러나 전쟁은 공평하지 않았다. 누구는 죽었고 누구는 다쳤지만 누구는 피난도 가지 않고 자기 집에서 지낼 수 있었다. 다행히도 아버지는 아직 어렸고 피난을 가지 않고 집에서 지내도 괜찮았다. 사람 좋은 할매만 된장이고 간장을 퍼서 집으로 들어온 사람을 먹이면 되었다.

그러나 영천 사람들은 그렇지 못했을 것이다. 「산중고발」에서처럼 화투 육백을 치다가 잡혀가 죽은 사람도 있었고, 「나룻배 이야기」에서처럼 지뢰를 밟아 눈이 하나밖에 없고 코는 대추같이 녹아 붙었고 귀도 한 개는 고사리처럼 말려든 것도 모자라 팔까지 하나 잘리고도 살아남은 사람이 있었을 것이다. 그렇게 된 두칠이는 배를 태워주는 영감에게 "신세 조졌심더."라고 말할 뿐이다. 그것뿐인가. 「흰 종이수염」에서는 군대에 간 아버지가 상이군인으로 돌아왔고, 「홍소」에서는 전사통지서를 배달하는 우편 배달부가 오열하는 사람들을 보다 못해 강물에 육군본부에서 온 편지를 모조리 띄워 보내는 그런 장면도 있다. 어떤

1 1. 영천전투 전승비
2 2. 영천지구 전적비

수난이대 조형물

사람은 자식을 군에 보내지 않기 위해 면장이나 경찰서장을 구
워 삶기도 하고(「분」), 전쟁 때문에 들어온 미군을 따라가 자식을
낳은 딸도 있는(「왕릉과 주둔군」) 등 수많은 사람들이 제각각의 전
쟁을 겪어 나간다. 전쟁 후 미국으로터 구호물자를 받는 풍경을
쓴 「낙도」는 차라리 슬프다. 외딴 섬에 사는 아이가 구호물자로
받은 납작한 서양모자를 쓰고 양복 윗도리와 양복바지를 입은
모습은 우습지가 않고 눈물겹다. "저 녀석 꼭 구호물품 같구

만."이라는 탄식이 그 당시 우리 민족이 처한 상황을 그대로 보여 준다.

육이오 전쟁만 쓴 것은 아니다. 그는 일제 강점기를 겪었던 우리 민족의 수난사도 「수난 이대」와 같은 방식으로 쓰고 있다. 징용 간 남자와 씨받이처럼 결혼한 필례의 이야기를 다룬 「필례 이야기」는 우리 민족사에 수없이 등장하는 생과부의 미시사이다. 육이오는 우리 민족 끼리의 내전이었지만 일제 강점기는 다른 국가와의 전쟁이었다. 그 전쟁의 와중에 수많은 민중들은 각각의 역사를 몸으로 써가며 말로 표현할 수 없는 질곡의 세월을 보냈다.

하근찬은 신기하게도 이렇게 사람들이 겪은 전쟁을 여러 가지 시각에서 소설로 써낸다. 나는 그가 극한의 고통에 몰린 사람들의 심정을 너무나 사실적이고 섬세하게 묘사한 것에 놀랐고, 이렇게 여러 가지 형태로 전쟁을 그려내면서도 직접적인 전투에 대해서는 쓰지 않았다는 것에 놀랐다. 그는 전쟁터를 우회해서 함께 전쟁을 겪고 있는 민중의 고통을 그려냄으로써 전쟁이 우리나라의 민중사에 어떤 영향을 미쳤는지를 잘 보여 주고 있다.

그의 대표작으로 꼽히는 「수난이대」는 징용에 끌려갔다가 팔 하나가 없어진 아버지와 전쟁 통에 다리 하나를 잃고 돌아온 아들의 이야기를 그리고 있는데 직접적으로 전투에 대해서 쓰지 않으면서도 더 사실적이고 아프게 전쟁을 묘사하고 있다.

"진수가 돌아온다. 진수가 살아서 돌아온다. 아무개는 전사했다는 통지가 왔고, 아무개는 죽었는지 살았는지 통 소식이 없는데, 우리 진수는 살아서 오늘 돌아오는 것이다." 그런데 왜 수난이대인가. 전사하지도 않았고 전쟁통에 살아서 돌아오는 아들이 있는데, 그러나 역에서 "아부지!" 하고 부르는 아들은 양쪽 겨드랑이에 지팡이를 하나 끼고 스쳐가는 바람결에 한쪽 바짓가랑이가 펄럭거리고 있었다. 그렇게 살아 돌아온 아들을 향해 아버지는 "에라이 이놈아!"라고 소리를 지른다. 그렇게 역마당에서 한쪽 바짓가랑이가 바람결에 펄럭이는 아들을 보고 비명처럼 소리를 지른 역사 앞에 지금은 꽃이 환하다. 한때 많은 군대 입영자들이 학교 운동장에 모여 검사를 하고 탔을 기차는 영천을 지나 청량리까지 닿는다. 아들 주려고 역 앞 영천 시장에서 산 고등어를 진수가 들고 아버지는 아들을 업고 건넜던 외나무 다리가 있었던 남천은 영천역과 멀지 않다.

하근찬의 소설을 읽다 보면 친근한 경상도 사투리가 마치 잊어버린 어릴 적 한때를 떠올리게 하는데 이렇게 경상도 사투리를 직접적으로 묘사함으로써 그의 작품은 문학의 언어학 측면에서도 가치가 있다. 이문구의 『관촌수필』은 충청도 말의 보고라 할 만큼 제대로 된 사투리가 잘 쓰여 있다. 그런네 하근찬의 소설은 경상도 말의 보고라 할 정도로 사투리 그대로의 대화체가 쓰여 있다.

언젠가 한번은 학생들한테 『관촌수필』을 읽으라고 했더니 사투리 때문에 도무지 읽지를 못하겠다고 했다. 매스미디어가 서울말을 표준말로 정하고 씀으로써 서울 이외의 말들은 점점 잊혀 가는 것이다. 그런데 하근찬의 작품에는 "가들은 너거들 만내서 한테 있을라 캐쌓던데."라는 말처럼 경상도 사투리가 그대로 살아 있다. 후대에 사투리 연구에 중요한 자료가 될 것이다.

그는 영천에서 태어나 살다가 아버지의 전근으로 고향을 떠났다가 다시 학교 교사로 영천으로 돌아온다. 고향을 떠났던 그때 그는 고향에 대한 그리움으로 나중에 글을 쓰게 되면 반드시 경상도 사투리를 쓰겠다고 다짐했다.

독일의 철학자 한나 아렌트는 "20세기는 전쟁과 혁명의 세기가 되었으며, 그러므로 전쟁과 혁명의 공통분모라고 일반적으로 믿어지는 폭력의 세기가 되었다."라고 말했다. 20세기는 아렌트의 말처럼 러일전쟁과 만주사변, 중일전쟁, 태평양전쟁, 한국전쟁, 베트남전쟁 등 온통 전쟁과 내란의 시대였다. 그러나 역사는 전쟁의 영웅만 기억할 뿐 그 전쟁을 직접 몸으로 겪어낸 주변 사람들의 이야기에 대해서는 별 관심이 없다. 영화도 직접적으로 전쟁에 참전한 이야기 중심으로 만들어질 뿐 참전용사의 가족을 중심으로 한 주변인들의 고통에 대해서는 무관심했다. 그러나 하근찬은 참전용사들보다는 주변 사람들의 고통에

수난이대 (1957)

일제 식민지 시대의 고통과 6.25전쟁의 참극을 겪어내가는
두 세대의 아픔을 통시대 묘하이면서 민족적 수난의 역사적
반복성을 의미 있게 창출한 작품

내영혼이 꿈꾸는 섬 (1998)   달빛에 길을 물어 (1995)   흰종이 수염 (1977)

하근찬 책

관심을 가지고 그들을 따스한 시선으로 돌아보며 그 전쟁에 대해서 증언한다.

하근찬의 아버지는 한국전쟁 중 죄도 없이 반동으로 끌려가 총살당했고, 본인도 국민방위군에 끌려가 고초를 겪다가 의병 제대한 것으로 알려져 있다. 그는 한국전쟁에 대해서 "그것은 사람이 만든 지옥이었다. 열아홉 살이던 나는 그때 이데올로기에 대해서, 전쟁에 대해서, 인간에 대해서 끝없는 절망을 느꼈다."고 말한다.

하근찬의 초기 3부작으로 꼽는 「수난이대」, 「나룻배 이야기」, 「흰 종이수염」은 농촌에서 평화롭게 살던 사람들이 전쟁으로 겪는 이야기를 다루고 있다. 아버지의 총살과 자신의 국민방위군 경험으로 그는 누구보다 전쟁의 고통을 겪는 사람들의 마음을 잘 알고 있으며 소설을 통해 그들을 위로하고자 한다. 그리고 그는 "우리가 겪은 전쟁을 증언하는 것이 문학적 사명"이라고 말한다. 문학은 그러한 역사를 외면하는 것이 아니라 어떤 방식으로든 증언해야 하며, 그것이 진정한 문학의 사명이라고 본 것이다.

그의 이런 생각은 「삼각의 집」에서도 드러난다. "나는 단순한 미적 감각만을 앞세우고 찍은 사진은 별로 높이 사지 않는다. 물론 미의식이 결여되어서는 작품이 되질 않지만, 그것과 함께 현실을 보는 눈이랄지, 인생과 역사를 생각하는 마음 같은 것이 잘 작용해 있지 않으면 깊은 맛이 우러나질 않는 것이다."

라고 서술하고 있다. 이것은 우리가 겪은 전쟁을 증언하는 것이 문학적 사명이라는 말과 일치하는 것으로 그에게는 무엇보다도 현실과 인생, 역사가 예술작품에서 작용해야만 좋은 작품으로 보는 것이다. 그러니 그의 많은 작품들이 전쟁이라는 현실과 전쟁의 변두리를 지탱하는 사람들의 인생을 그리고 있는 것은 당연하다고 볼 수 있다.

전쟁의 가해자이면서 피해자의 모습을 그려 많은 비판을 받았음에도 불구하고 〈아버지의 깃발〉과 함께 태평양전쟁을 두 가지 시선으로 바라보아 관심을 끈 영화 〈이오지마에서 온 편지〉에는 가족을 전쟁터로 보내야 하는 참혹한 상황이 드러난다. 누가 가해자든 피해자든 가족들은 그런 이념과는 멀리 떨어져 있어서 모두 전쟁의 피해자일 뿐이다. 일반 민중들이 전쟁을 일으키지는 않는다. 전쟁은 권력자들의 놀음이고 민중들은 다만 그 놀음에 동원된 피해자일 뿐이다. 태평양전쟁을 일으킨 일본도 정작 국민들은 가족을 전쟁터로 보내고 전사통지서를 받거나 불구가 되어 돌아온 가족을 보면서 고통에 몸서리친다. 〈이오지마에서 온 편지〉에는 그런 것들이 섬세하게 묘사되어 있어 눈길을 끈다. 우리가 가해자라고만 생각하면서 그들의 고통에는 눈을 감았는데 그들도 다만 가족을 사랑하는 평범한 사람일 뿐이라는 시선에서 보면 그들의 아픔도 눈에 보인다.

어릴 때는 마을에 상이군인들이 흔했다. 갈고리 모양의 손을 내밀거나 지팡이를 짚은 사람들이 구걸을 하기 위해 수시로 마

현 영천역

영천역 조형물

영천지구전적비

을을 들락거렸다. 그래도 시골 마을이라 도시만큼이야 없었겠
지만 그들이 갈고리 모양의 손을 내밀며 구걸을 하면 어른들도
몸서리를 치며 후다닥 쌀이나 밥을 내줘야 했다. 상이군인들은
정부가 보살피지 않았고, 사람들도 그들을 연민의 눈으로 보는
것이 아니라 두려움의 눈으로 보았다. 몸은 불편하고 국가는 돌
보지 않으니 살기가 어려웠던 그들은 흔히 떼를 지어 구걸을 하
며 지냈는데 지금 생각하면 우리 국가가 그들에게 큰 죄를 지은
것이다. 무사히 그 시절을 살아남은 사람들이나 그들의 후손인
우리도 모두 그들에게 빚을 지고 있다.

　「수난이대」에서 고등어를 샀던 영천 시장과 외나무다리가 있어 아버지가 아들을 업고 건너던 영천 시내를 휘돌아 흘러가는 남천, 설레는 마음으로 아들을 기다리던 영천역 등은 지금도 그대로 남아 있다. 다만 외나무다리는 사라지고 깔끔하게 정비된 남천이 유유히 흘러가는데 「흰 종이수염」에서 "너가부지 팔하나 없어졌제?"라는 친구 놀림에 달려 내려가 싸움을 벌이던 그 강둑도 남천이 아니었을까 혼자 상상해 본다.

너무나 깔끔하게 정비된 남천을 보면서 거기에 외나무다리를 하나 만들면 어떨까 생각했다. 하근찬의 소설을 기억하는 사람들이 그 다리를 건너며 영천전투와 불구가 된 부자 이대의 아픔을 체험해 보는 것도 괜찮을 것이다. 우리는 너무 많은 것을 잊고 산다.

이제 전쟁의 흔적은 말끔히 사라지고 중앙선을 달리는 영천 역사도 몰라보게 달라졌다. 그러나 수많은 상이군인들이 절망과 고통에 괴로워하며 드나들었을 역사는 하근찬의 소설에서 생생하게 살아 있다. 우리에게 문학적으로 전쟁을 증언하는 능력은 없다 하더라도 그들을 기억하는 것은 최소한 우리의 몫이 아닐까.

예기소

김동리『무녀도』의 공간을 찾아

- 경주

모화의 애환이 서린
예기소의 물살은 지금도 흐르고

　　　　　　　　　　어릴 적에 옆집 친구 엄마가 우
리 집 안방에 앉아 가끔 마당을 향해 칼을 던지곤 했다. 칼날의
방향이 밖으로인지 안으로인지 어디로 향하면 객귀를 물린다고
했는데 정확한 방향은 모르겠다. 가족 중에 누가 체하거나 살짝
아프면 오면가면 하는 객귀가 들린 것이라 하여 칼을 던져서 쫓
아낸다는 것이다. 그 결과의 신빙성이야 알 수 없지만 정한수
떠다 놓고 정성 들여 빌면서 대문간을 향해 부엌칼을 휘익 던지
면 그 칼날이 어디로 향해 있는지는 궁금했다. 그걸로 정말 잔
병치레가 나았는지는 모르겠다. 그때 시골은 아프다고 마음대
로 병원 갈 환경도 아닌지라 그것이 유일한 대책이기도 했다.

　　그 객귀들은 그냥 떼를 지어 이리저리 몰려 다니는지 칼날은
이집 저집의 마당에서 가끔 날아다녔다. 어떤 날은 이웃집의 대
문 옆 짚이 깔린 위에 객귀 밥이 차려져 있곤 했는데 어린 우리

생각에도 그건 도둑고양이도 안 물고 갈 것이라고 여겨서 거들떠 보지도 않았다. 괜히 객귀 밥만 봐도 귀신들이 거기 있을 것 같아서 두려웠던 것이다. 귀신들은 참 억울하기도 했겠지만 우리는 늘 보이지 않는 그들이 무서웠고 주변의 어디엔가 있을 것이라고 생각했다.

한번은 동네에 큰 굿이 열린 적이 있었다. 동네의 큰 부잣집이었고, 어디선가 사업을 크게 한다는 그 집 아들이 전국에서 알아주는 무당을 불러 벌인다는 큰 굿이었다. 후에 알고 보니 정말 대단한 만신과 새끼무당들이 서너 명 따라오고 법사도 두엇 따라와 북을 쳤던 큰 굿이었다. 암에 걸린 아주머니를 위한 굿이었는데 병원에서도 치료가 안 되니까 굿이라도 해보는 모양이었다. 아침부터 동네 아낙들이 모두 그 집으로 몰려가 음식 준비를 하고 우리에게도 하얀 떡이 몇 조각 주어졌는데 나는 그걸 손에 들고 다니다가 끝끝내 먹지 못했다. 떡에 귀신이라도 붙어 있을까 봐 겁이 났지만 버리기에는 아까워서 까맣게 손때가 묻도록 들고 다니다가 결국은 버렸다.

어쩌면 내가 무속이라는 걸 받아들인 계기가 그날의 굿이었을 것이다. 해가 저물자 쾅쾅거리는 꽹과리 소리가 그 집 담을 넘기 시작했고, 우리는 엄마 치마폭 뒤에 숨어 그 소리에 맞추어 춤추는 무당을 지켜보았다. 그것은 두렵고도 호기심이 가는 일이었다. 만신이라는 사람이 마당에 깔린 멍석 위에서 한참을 춤추다가 불현듯 남자의 목소리로 물었다.

"누구, 누구는 잘 있는가?"

돌아가신 그 집 할아버지의 혼령이 지핀 것이었다. 할아버지는 손주들의 서열대로 일일이 안부를 물어보고 아직 걷지도 못하는 손주들 안부까지 모두 물어보고서야 공수를 내리기 시작했다.

"네가 나한테 못됐게 해서 내가 병을 준 거다. 너는 못 나을 거다. 죄 받는 거다."

틀림없이 그 집 할아버지의 목소리였다고 지금도 어른들이 증언하신다. 시끌벅적하던 마당이 조용해지고 환자는 멍석 위에 엎어져 울었던가. 밤새 북소리가 둥둥거리던 굿은 아침까지 계속되었지만 결국 암에 걸린 아주머니는 돌아가셨다. 그 무녀가 못 나을 거라고 말한 그 순간에 이미 우리는 그녀가 곧 죽을 것이라는 걸 알았다. 누군가는 할아버지 성격이 보통이 넘었다고 하고, 누군가는 며느리 성격이 보통이 넘었다고 하는데 분명한 것은 무당한테 지핀 할아버지의 저주 어린 목소리를 우리 모두는 들었다는 것이다. 그날 이후 동네 사람들은 쉬쉬거리며 무당의 공수를 되풀이했고, 저렇게 무당한테 죽은 사람이 지필 수도 있구나 싶어서 나는 무속에 관심을 가지게 되었다.

김동리의 『무녀도』에는 "모화는 혼자서 손을 비비고, 절을 하고 일어나 춤을 추고 갖은 교태를 다 부리며 온연히 미친 것 같이 날뛰었다. 낭이는 방에서 부엌으로 난 봉창 구멍에 눈을 대고, 숨소리를 죽여 오랫동안 어미의 날뛰는 양을 지켜보고 있다가 별안간 몸에 한기가 들며 아래턱이 달달달 떨리기 시작하였다. 그녀는 미친 것처럼 뛰어 일어나며 저고리를 벗었다. 치마를 벗었다. 그리하여 어미는 부엌에서, 딸은 방 안에서 한 장단 한 가락에 놀듯 어우러져 춤을 추곤 했다. 그러한 어느 새벽, 낭이는(정신을 차리고 보니) 발가벗은 알몸뚱이로 방바닥에 쓰러져 있는 그녀 자신을 발견한 일도 있었다.”라고 하여 무당 모화의 딸 낭이가 어미와 마찬가지로 신들리는 장면이 나온다.

무당은 세습무와 강습무가 있는데 낭이 경우에는 어미의 혼을 이어 받았으니 세습무이다. 그러니 강습무처럼 따로 무엇을 배워야 할 것도 없이 그대로 무당이 된 것이다. 무당 모화는 술을 마시고 돌아오는 길에 “따님아, 따님아, 김씨 따님아/ 수국 꽃님 낭이 따님아/ 용궁이라 들어가니/ 열두 대문이 다 잠겼다/ 문 열으소, 문 열으소/ 열두 대문 열어주소”라며 낭이를 수국 용신님께서 자신에게 잠깐 맡긴 것이라고 여긴다. 수국 용신님이 맡긴 따님이니 얼마나 아름답고 귀한 딸이겠는가. 허물어져 가는 기와에 잡초가 무성한 집이지만 모화에게 낭이는 귀하고도 귀한 ‘님’인 것이다. 그런데 그 낭이는 정작 수국 용신님의 뜻인지 잘 듣지 못하고 말을 잘 하지도 못한다. 일종의 무병을 앓은 것으로 보이는데 그것 또한 세습무의 안타까운 운명이니 어찌하겠는가.

그 모화가 아들 욱이를 잃고 난 후 마지막 굿을 하고 물속으로 걸어 들어가 버린 곳이 경주의 금장대 아래 ‘예기소’이다.

북천과 서천이 합해져 형산강으로 흐르는 그곳은 소설의 묘사처럼 "뒤로 물러 누운 어둑어둑한 산, 앞으로 폭이 널따랗게 흐르는 검은 강물, 산마루로 들판으로 검은 강물 위로 모두 쏟아져 내릴 듯한 파아란 별들"의 풍경이 펼쳐지는 곳으로 예기소가 소용돌이치는 언덕에 올라가면 경주 풍광이 한눈에 보인다. 넓은 강은 그때처럼 지금도 검은 강물이 흐르고 절벽 쪽으로는 여전히 물길이 휘돌아 나간다. 예기소인 것이다. 그러나 모화가 혼을 건지려 들어가 버린 예기소는 여전히 깊이를 가늠할 수 없을 만큼 검은 강물이 휘돌아 나가니 금장대 언덕 위에서 예기소를 내려다보면 물살에 머리가 휘청인다.

언덕 오른편 버들과 수생식물이 무성하게 자라는 습지의 나무 그늘에는 낚시꾼들이 자리를 잡고 앉아 낚시를 하고 있다. 모화가 그렇게 건지려 해도 건져지지 않던 부잣집 마님의 영혼이 그 소에 머무는 걸 아는지 모르는지 강태공들의 세월은 무심하기만 하다. 백사장은 이제 잔디밭으로 변했는데 굿이 펼쳐졌을 건너편을 바라보며 그늘에 앉은 사람들은 한 폭의 풍경이다. 자신들이 앉은 자리가 예전에 무당의 굿이 벌어지고 아이들이 자맥질을 하며 건너편 예기소를 두려움에 찬 마음으로 바라보던 그 자리인지는 알지 못할 것이다. 언덕에 앉아 낚시꾼들과 그 아래로 하염없이 흘러가는 강물을 바라보고 있는 동안 해가 저물었다. 노을이 긴 강 위로 드리우며 강물에 붉은색을 묻히다가 예기소 깊숙이까지 스며들었다. 나지막히 보이는 경주의 지

동리목월문학관

붕 위로도 노을이 스민다. 천년 세월을 견뎌왔을 무덤과 솔숲과 지붕 낮은 사람의 마을에 또 하루가 어두워지고 있는 것이다.

모화는 "모화서 들어온 사람이라 하여 모화라 부르는 것이었다." 울산과 경주의 경계에 있는 모화로 가는 길에 나는 경주의 걸출한 문인인 김동리와 박목월을 기리기 위해 지은 '동리목월문학관'에 들렀다. 24세 때 서울로 상경하여 연건동에서 창작에 몰두하며 『무녀도』를 쓴 김동리와 목월은 불세출의 문인이었지만 불세출의 생명 하나가 또 있었으니 갑자기 온 세계를 덮친 코로나 바이러스였다. 눈에 보이지 않는 바이러스로 인해 문학관은 개관하지 않고 있었다. 덕분에 숲에 무성하게 가려져 있는 문학관은 적요했다. 사람들은 길 건너편의 불국사에는 숱

하게 들락거리고 있었지만 조그마한 명패 하나가 길을 안내하
는 문학관에는 관심이 없었다. 풀과 나무가 무성하게 우거져 물
조차 잘 보이지 않는 작은 연못 위로 나 있는 오래된 돌다리를
건너 높은 계단을 바라보았다. 동리와 목월은 그 계단을 다 올
라도 닿을 수 없는 먼 곳에 있는 사람이었다. 동리와 목월이 그
계단 위에서, 또는 오래된 돌다리 위에서 겹벚꽃이 환하게 피어
있는 경주를 내려다보며 "뭐라카노, 저 편 강기슭에서/ 니 뭐라
카노, 바람에 불려서" 뭐락카노? 라며 오순도순 이야기를 나누
고 있을지도 몰랐다.

　모화 가는 길에는 무궁화호 열차가 짧고 낡은 열차칸을 끌고
지나가고 있었다. 이제는 폐역이 되어버린 모화역사는 둥치 굵
은 향나무조차도 있지 않았다면 그 흔적조차 찾기 어려웠다. 그
러나 모화는 기차가 지나가고 작지만 역사가 있을 정도로 큰 마

모하역

을이었다. 기찻길을 지나 조금만 마을로 들어서면 소설에서처럼 "지붕 위에는 기와버섯이 퍼렇게 뻗어 올라 역한 흙냄새를 풍기고, 집 주위는 앙상한 돌담이 군데군데 헐린 채 옛 성처럼 꼬불꼬불 에워싸고" 있는 풍경들을 쉽게 볼 수 있었다. 돌담들을 개발한다고 허물지 말고 보존해도 아름다운 마을이 될 것 같았다.

모화는 아들 욱이가 사라지고 난 후 욱이를 찾는 낭이에게 "지림사 큰 절"에 가 있다는 이야기를 해 주었다. 그러나 그것은 모화가 경상도 사투리로 지림사라고 말한, 경주에서 동해안으로 가는 길에 있는 기림사가 워낙에 큰 절이어서 그렇지 모화도 욱이가 정말 기림사에 가 있는지는 알 수 없었다. 애초부터 모화는 욱이의 행방을 알 수 없었던 것이다. 그런데 절에 가서 상좌 노릇이나 하고 있을 줄 알았던 욱이는 예수쟁이가 되어 나타났다. 절로 들어갔다가 결국 예수쟁이가 되어 나타난 욱이는 신약전서를 읽고 밥을 먹을 때면 뭐라뭐라 중얼거리곤 했다.

모화에서 왔다고 모화라고 불렸던 그 모화에서 오래된 돌담이 집들을 에워싼 좁은 골목길을 올라가면 원원사지가 있다.

머리를 깎고 들어온다는 뜻의 모화는 울산에서 신라의 수도 경주로 들어오는 관문에 위치한다. 왜구들은 울산 바닷가에 배를 대고 모화를 통해 경주로 들어와야 하는데 신라는 그 길목의 산속 깊이 들어앉은 원원사에 군사를 매복시켜 놓았다. 통일신라 때 문두루비법의 대사찰로 기능했던 원원사 옆에는 '김유신

원원사지

이 말 타고 다니던 길'이라는 작은 오솔길이 하나 있는데 그 산을 넘어가면 문무왕릉이 있는 감포가 있다. 그러니까 김유신은 말을 타고 문무왕릉이 있는 감포를 넘어 모화로 와서 왜적의 상태를 살피곤 했다는 것이다.

모화를 둘러보면서 욱이는 기림사로 간 것이 아니라 모화의 고향 모화에 와서 원원사에 머물렀던 것은 아니었을까 생각해 보았다. 아니면 모화에서 멀지 않은 기림사에 머물렀는지도 알 수 없다. 욱이가 어디에 머물렀든 모화는 아름다운 마을이었다. 원원사지 바로 아래에 새로 건립한 문두루비법의 대사찰이라는 천태종 원원사가 있었다. 그 옆의 천 년은 능히 살았을 솔숲으로 둘러싸인 원원사지에는 12지신상이 새겨진 큰 3층 석탑이 세워져 있고 한편에는 오래된 용왕당이 여느 절과는 다른 모습으로 자리하고 있는 것도 이채로웠다. 문무왕이 수로를 통해 감은사지를 드나들었다는 설화가 있는데 이 원원사지 용왕당 앞의 수로에도 문무왕이 드나들었다고 한다. 문무왕은 죽은 후에도 수로를 통해 신라의 관문을 지키고 있는 셈이다.

모화는 먼 데서 바닷바람이 밀려오는 모화를 떠나 경주로 들어왔지만 그래 봤자 "경주읍에서 성 밖으로 십여 리"나 떨어진 어민촌이었다. 그리고 낭이의 아버지는 경주읍에서 칠십 리나 떨어진 동해변 어느 길목에서 해물 가게를 하고 있었는데 모화가 예기소로 걸어 들어간 이후에는 나귀에 낭이를 태우고 그림을 팔러 다녔다. 그 낭이가 어느 부잣집에서 달포 동안이나 머물러 있으며 그린 그림을 사람들은 '무녀도'라고 불렀다. 그 그림에는 "뒤에 물러 누운 어둑어둑한 산, 앞으로 폭이 널따랗게 흐르는 검은 강물, 산마루로 들판으로 검은 강물 위로 모두 쏟아져 내릴 듯한 파아란 별들, (…) 강가 모랫벌엔 큰 차일을 치고, 차일 속엔 마을 여인들이 자욱히 앉아 무당의 시나위 가락에 취해 있다. (…) 무당은 바야흐르 청승에 자지러져 뼈도 살도 없는 혼령으로 화한 듯 가벼이 쾌자 자락을 날리며 돌아간다."는 풍경이 그려져 있었다. 동네 부잣집 안방마님의 넋을 건지러 들어간 모화는 그 물속에서 나오지 못했다.

「공무도하가」의 "님더러 물 건너지 말래도/ 님은 물 건너고 말았네/ 물에 빠져서 죽었으니/ 님이여, 어찌 하리오"라는 가사가 무당이 물로 들어가 나오지 못한 것을 일컫는다고 조동일은 『한국문학통사』에서 말했다. 머리를 풀어헤치고 술병을 들고 미치광이 짓을 한 백수광부는 황홀경에 든 무당의 모습이라는 것이다. 그 무당이 굿에 실패해 물에 빠져 버리자 역시 무당인 공후를 타던 아내가 굿 노래 가락에 얹어 넋두리를 했다고 본다. 모화는 굿에 실패해 물에 빠진 것이 아니라 아들 욱이를 잃고 상심에 빠져 스스로 물속에서 나오지 않았다. 그리고 모화의 딸 낭이는 굿을 하는 무당이 된 것이 아니라 모화가 죽은 마지막 모습, 즉 무녀도를 그리는 무당이 된 것이다.

예기소가 있는 형산강에는 큰 차일을 치고 마을 여인들이 자욱이 앉아 굿을 구경하던 모래벌판이 지금은 사라지고 없다. 대

금장대

신 모래벌판을 덮은 잔디가 깔린 강변에는 해가 어둑어둑해지면 자전거를 타는 사람들이나 산책하는 사람들이 강변을 거닌다. 예기소 언덕 금장대에는 오래전 선사 시대에 그렸을 금장대 암각화가 흐릿한 형태로 남아 있고, 그 옆에는 기도행위를 금한다는 푯말이 있는 것으로 보아 예나 지금이나 그곳은 영험한 기도처로 소문이 나 있었던 듯도 하다. 그러니 경주 사람 김동리는 그곳을 주 무대로 하여 『무녀도』를 썼을 것이다.

해가 저물어가고 경주 시내에 밝은 불빛이 켜지는 동안 금장대 정자 위에는 두 여인이 앉아 오랫동안 경주 시내를 내려다보고 있었다. 아마도 그 여인들도 형산강을 굽어보며 모화가 벌이던 한판 질펀한 굿판을 상상하고 있을지도 모를 일이었다.

용장사지 석탑

김시습의 『금오신화』

- 경주

김시습의 길,
용장사지 가는 길

매월당 김시습은 계유정난으로 많은 친구들과 스승, 동료들이 죽은 후 새남터에 버려진 성승(성삼문의 아버지), 박팽년, 유응부, 성삼문, 이개를 현재의 서울 사육신 묘역에 매장하고 가지고 있던 책을 불살라 버리고는 그 길로 서울을 떠났다. 전국을 유람하던 그는 호남지방을 거쳐 경주 남산인 금오산의 용장사에 이른다. "용장산은 깊고 으슥하여/ 찾아오는 사람이 없네/ 가랑비는 시냇가 대숲으로 옮아가고/ 살랑 부는 바람은 들판 매화를 보호하지/ 작은 창 아래 사슴과 함께 잠들고/ 마른나무 의자에 먼지와 함께 앉았다/ 어느새 처마 아래/ 뜨락 꽃은 졌다가 또 피네"라는 시를 읊으며 용장사 경실에서 고독하지만 마음의 평온을 찾아갔다.

경주 남산을 금오산이라고 부른 것은 『신증동국여지승람』에서 당나라 때의 시인 고운顧雲이 최치원에게 준 시에 "내가 듣자니 동해에 세 마리 금오(금자라)가 있어, 금오가 머리에 산을 높이 이고 있다 하네."라는 데서 유래했다고 한다. 금오는 신화에서 동해의 봉래산을 떠받치는 존재인데 우리나라가 중국에서 볼 때 동쪽에 있으므로 우리나라 전체를 금오라고 하기도 하고, 전라도 광주와 나주, 경상도 구미에도 금오산이 있다. 그러나 매월당은 동해의 세 마리 금오라는 시 때문인지 경주 남산 일대를 금오산이라고 하였다.

매월당은 이 금오산의 정상에 있는 용장사 경실에서 많은 글을 지으며 지냈다. 호남지방을 유랑하며 지은 시들을 정리하여 『유호남록』으로 엮어내고 시들을 지었다. 그리고 후에 용장계곡에 금오산실을 지어 이곳에 지내면서 우리나라 최초의 한문소설인 『금오신화』를 지어 후대에 이름을 남긴다.

금오산은 그에게 많은 의미가 있다. 매월당은 금오산에서 생을 마치려고 하면서 더 이상 세간에 나가려 하지 않았다. 그러나 세상은 그를 가만히 내버려 두지 않았다. 다시 서울로 돌아간 그는 결국 1465년 다시 남산으로 돌아와 금오산실을 지었다. 심경호의 『김시습 평전』에 의하면 금오산실은 용장골의 용장사 부근이나 후대에 매월당의 유지가 있었다고 전해지는 천룡사 부근에 있었다고 하기도 하고, 은적골의 은적사 부근에 있었다고도 전해지는데 정확한 자리를 알 수 없다. 천룡사는 비록 자리 잡은 곳이 명당이라 하고 큰 절이긴 했지만 용장골과는 다른 골짜기로 들어가야 하고, 우리나라의 골짝이나 마을 이름이 모두 어떤 유래를 담고 있는 것을 생각해 보면 용장사나 은적사 부근이 아닐까 싶다. 이 두 절은 한 계곡으로 올라가서 다른 길로 갈라지므로 어디든 큰 차이는 없다. 금오산실이 어디에 있었든 매월당은 1465년 원각사 낙성회에 불려가서 지은 시 「원각사 낙성회」에서 "내가 을유년 봄에 금오산실을 복축하여 마치 일생을 마치려는 듯이 한다."라고 한 것을 보면 그는 금오산에서 일생을 마치고 싶었던 듯하다.

매월당은 이 금오산실 둘레에 매화와 차를 심고 시를 지으며 소일하다가 『금오신화』를 썼다. 이 책은 중국의 『전등신화』를 모티브로 하여 지은 것인데 그 당시 우리나라에는 이미 『수이전』이나 『삼국유사』, 『삼국사기』 등의 설화적 요소를 담은 책들이 있어 『금오신화』 또한 그리 낯선 책은 아니었다. 그러나 이 책은 소설적 형태를 갖춘 우리나라 최초의 한문 소설이라는 것에 가치가 있다.

당시는 양반이 유교적 가치를 담은 글이 아니라 소설을 쓴다는 것은 조롱거리에 불과하였다. 그때는 이미 책을 읽어주는 전기수들이 활약하면서 민중들이나 아녀자들에게 설화집 등의 책을 읽어주고 있었지만 양반이 그런 책을 쓴다는 것은 획기적인 사건이었다. 그리하여 매월당은 『금오신화』를 쓴 후 그 책을 금오산실의 석실에 감추고 후대에 자기를 알아주는 사람을 기다리겠노라고 했다.

그러나 그가 이 책을 돌담 속에 감춘 것은 그 이유만은 아닌 것 같다. 이미 매월당은 세간의 관습이나 규범으로부터 벗어나 자유로운 사람이었기에 소설을 창작했다고 해서 감출 만큼 세상의 말을 겁내는 사람은 아니었다. 오히려 『금오신화』의 내용이 문제가 아니었을까 추측한다.

『금오신화』에 있는 단편 중의 하나인 「만복사저포기」는 자신과 사육신의 이야기를 다룬 것으로 보이는데 오히려 이런 글 내용이 세간에 알려지는 것이 두려워 감춘 것 같다. 「남염부주지」에서 저승의 염왕이 경주에 사는 박생이라는 선비에게 인간을 심판하는 저승을 부정하고 제왕의 횡포를 비판하면서 자기 자리를 물려준다. 박생은 염왕에게 "나라를 지닌 자가 폭력으로 백성을 위협해서는 안 됩니다. 백성이 두려워 복종하는 것 같지만 마음속으로는 반역심을 품어 날이 쌓이고 달이 이르면 얼음이 어는 것과 같은 화가 일어납니다. 덕이 없는 자가 힘으로 왕위에 오르지 말아야 합니다."라는 말을 한다. 당시로서는 목숨이 위태로울 수 있는 대단히 위험한 발언이지만 방외인이었던 김시습은 그런 비판정신을 자신의 글을 통해 드러냈다. 그리고 후대에 자신의 속마음을 알아주는 사람이 있을 것이라는 기대로 석실에 책을 감추어 두었을 것이다. 지금 우리가 보는 『금오신화』는 단편 다섯 편을 묶은 형태로 일본에 전해진 것을 다시 가져온 것으로 원래는 더 많은 작품이 있었을 것이라고 추정한다.

그는 그렇게 금오산실에서 계유정난으로 희생된 사람들을

그리워하며 자신의 울분과 그리움을 달랬다. 그리고 서거정과 편지로 교류하거나 경주지방의 학자들과 교류하면서 지냈으니 완전히 칩거한 것은 아니었다. 다만 세조가 왕위를 찬탈하면서 거기에 반대하는 많은 사람들을 죽이는 패도의 시대에 그는 떠도는 구름처럼 정처 없이 떠돌 뿐이었다. 그는 평평한 사람이 아니었다. 하고 싶은 말이 있으면 반드시 시나 글로 표현하여야 했으며 율곡의 말처럼 성률과 격조를 그리 따지지도 않았다.

그는 『금오신화』를 쓴 뒤 시 두 수를 썼는데 "낮은 집 푸른 담요에 온기가 남은 때/ 들창에 매화 그림자 가득하고 달이 밝아라/ 긴 긴 밤 등 심지 돋우며 향 피우고 앉아서는/ 세상에 없던 책을 한가하게 저술하노라."라고 자신의 심정을 술회한다. 그가 산속의 삶이 심심하고 지겨워서 책을 쓰지는 않았을 것이니 "세상에 없던 책을 한가하게 저술하노라"라는 문장은 세상에 두 번 다시 없을 계유정난의 일을 썼다는 비유적 표현으로 읽힌다. 그것을 쓴 뒤 그는 신화라는 이름으로 글의 의미를 감춘다. 나머지 한 편의 시는 "옥당에서 붓 놀릴 마음이 없기에/ 깊은 밤 소나무 비낀 창 아래 정좌하였다/ 차관과 동병, 오등 팔걸이뿐인 정갈한 방에서/ 글귀 찾아 풍류기화를 적어본다"인데, 이 역시 좋은 집에서 한가롭게 붓이나 놀릴 마음이 없음을 말하고 있다. 그러므로 풍류기화란 역시 계유정난의 엄청난 폭풍을 말하는 것으로 보인다. 그리고 그는 애써 쓴 책을 석실 속에 감추어 버렸다. 후세에 누가 이 책을 발견한다면 자신의 의

설잠교

도를 알 것이라고 기대하면서.

　김시습을 찾아 용장사지로 가는 산길에는 바위가 가득했다. 남산은 바위로 이루어진 산이긴 하지만 특히나 용장골의 바위는 크고 아득하고 넓었다. 올라가다가 너럭바위에 앉아 물속을 바라보니 세상을 모르는 물고기들이 한가롭게 헤엄치고 있었다. 매월당도 아마 용장사로 터벅터벅 올라가다가 그 너럭바위에서 한숨 돌리며 남산 아래 세상을 생각했을 것이다. 그러나 용장골로 들어서면 세상은 잊힌다. 온갖 나무와 꽃들과 바위가 방금 떠나온 세간의 풍경들을 잊게 만든다. 길은 바위를 만나면 끊어지고 바위가 끝나면 다시 이어진다. 적막이 아득하게 발끝에 전해졌다. 나는 마음속으로 이 길을 '김시습의 길'이라고 명명하였다. 풍경이 아득하니 세상이 어찌 풍경을 담을 것인가. 그는 용장골을 오르내리면서 피를 흘리며 죽어간 학문적 동료들을 생각했을 것이다. 청운의 꿈을 펼치기도 전에 스러져 간 동료들은 무엇을 위하여 자기의 목숨을 바쳤을까. 산에서는 산비둘기 소리가 낮고 넓게 퍼져가고 있었다.

　산길을 오르니 누군가가 돌멩이로 매월당의 모습을 만들어 놓았다. 넓은 도포 자락과 삿갓 모양이 영락없는 김시습이었다. 누군지는 모르지만 그도 이 길을 오르며 매월당을 생각한 것이다.

　용장사지에는 오래된 묘가 두 기나 있었다. 절터는 명당이라고 알려져 눈 밝은 이들은 절이 무너진 자리에 재빨리 무덤을 만드는데 그 후손들이 풍수지리의 덕을 보고 사는지는 모르겠다. 그러나 산소 주변으로 빼곡한 신우대 사이로 무너진 석축이 보이고 무덤은 이미 산돼지들이 낭자하게 파헤쳐 놓았다. 산돼지 역시 동물의 육감으로 명당을 알아본 것일까. 다른 무덤들은 모두 무사했는데 유독 용장사지 무덤만 그랬다. 무덤 주위에는 깨어진 기와 조각들이 여기저기 흩어져 있었다. 어떤 기와 조각에는 빗살무늬가 선명하게 남아 있어 비록 높은 산속의 절이지만 기와 하나라도 허투루 만든 것이 아님을 알 수 있었다. 그러나 이미 산산조각 난 기와로 절을 지을 수는 없는 법이니 조각 난 역사의 무늬 하나가 허물어졌음을 인정해야만 했다.

절터 옆에는 주춧돌로나 썼을 유물들을 모아 놓았고 머리가 사라진 석조여래좌상이 삼륜대좌 위에 모셔져 햇살을 받고 있었다. 『삼국유사』에 따르면 유가종의 대덕이신 대현스님이 염불하면서 돌면 이 여래상 또한 고개를 따라 돌렸다고 한다. 삼륜의 연꽃 대좌 위에 모셔진 부처님이고 바람 소리 새소리 신비로우니 도솔천이 따로 없는 듯하다. 그러나 나는 머리 없는 이 불상보다는 그 옆의 돌에 새겨진 마애여래좌상에 눈길이 갔다. 섬세하게 양각으로 새겨진 여래좌상은 옷의 주름과 얼굴 표정이 그대로 살아 있었다. 산이 허물어지지 않으면 잘려나가지 않을 이 암각화는 앞으로 또 천 년의 세월을 지키며 세간의 사람들이 얼마나 고통스러운 삶을 사는지 지켜보며 그들을 구원하고자 기도를 할 것이다.

1	1. 용장사지 석불
2 3	2. 용장사지 마애여래좌상
4	3. 4. 용장사지 유적

위로 더 올라가니 통일신라 시대에 조성된 것으로 보이는 삼 층석탑이 있었는데 이 석탑은 산의 자연암반을 다듬어 아래 기 단으로 삼았기 때문에 남산 전체가 기단이 되고 있었다. 또다시 천 년이 간다 해도 허물어지지 않을 뿌리 깊은 탑이다. 산 아래 를 굽어보는 석탑 옆에 앉아 아래를 내려다보니 매월당이 적어 도 여기서는 울분을 달랠 수 있었겠다는 생각이 들었다. 호방하 게 전체를 조망할 수 있는 자리에 앉으면 수많은 사람을 죽이고 한 나라의 왕이 된 세조 따위는 아무것도 아닌 것이다. 계유정 난의 그 난리가 한갓 꿈처럼 느껴졌을 것이다. 그는 이 용장골 에서 밤이면 사슴 소리를 듣고 낮이면 새소리를 들으며 시를 쓰 고 소설을 썼다.

그는 용장사에 거처하면서 차를 재배하기도 하였는데 특히 작설차를 좋아했다고 전해진다. 그의 차를 초암차라고도 하는 데 초암차는 인가에서 멀리 떨어진 곳에 있는 이엉을 덮은 초가 에서 즐기는 차를 말한다. 웅장한 기와지붕을 인 집에서 호화롭 게 차를 마시던 귀족들의 차인 서원차와는 달리 질박함을 추구 했다. 현암 최정간은 초암차가 매월당에 의해 창시된 것으로 보 며 일본의 초암차와 국보인 초암다실이 매월당의 이 초암차에 서 전래되었다고 주장하기도 한다. 그러나 『김시습 평전』을 쓴 심경호는 매월당은 일본에서 건너온 준 장로라는 스님에게서 초암차를 대접받았을 뿐 매월당이 초암차를 그에게 전해준 것 은 아니라고 한다. 매월당은 금오산실 주변에 매화를 심어놓고 즐겼다고 전해지는데 초암차에 대한 말은 누구의 말이 맞는지 모르지만 그가 용장골에서 매화와 차를 즐긴 것은 분명해 보인다. "고향 멀리 떠나 마음 쓸쓸하기에/ 고불과 산 꽃을 보며 적적함을 잊누나/ 철관에 차를 달여 손님에게 제공하고/ 질화로에 불피워 향을 태우네/ 봄 깊으매 바닷달이 쑥대 문 안에 들어오고"라는 시를 쓰며 태풍 같은 시대를 보냈다.

용장골을 벗어나 은적골로 들어섰다. 은적골은 용장사에서 가파른 산길을 내려와서 오른쪽으로 갈라지는 계곡인데 용장사처럼 큰 유물이 없으니 사람의 발길도 잘 닿지 않는 곳이다. 매월당이 숨어 살았다 하여 은적골이란 이름이 붙었다곤 하지만 매월당은 경주에 와서도 숨어 산 것은 아니었다. 세상은 천재 김시습을 가만히 내버려 두지도 않았고, 그 또한 세상으로부터 완전히 등을 돌린 것은 아니었다. 다만 세조의 왕위찬탈을 지켜보면서 세상살이와 사람에 대해 실망을 하고 한 곳에 안주하지 않았던 것이다. 그러나 적어도 그는 세간의 사람들처럼 권력을 탐하거나 재물을 탐하지는 않았다. 처한 현실은 낮고 뜻은 높은 그는 떠가는 구름처럼 흐르는 물처럼 정처 없이 떠돌아다닐 뿐이었다.

그는 금오산에 정처를 구하면서 차나무와 매화를 심고 평온을 되찾은 듯 보이지만 그 와중에도 두 번이나 서울을 다녀오고, 경주의 사람들과도 교유를 이어갔다. 그러면서도 방랑벽이 있었는지 타고난 천성이 그랬는지는 몰라도 어느 곳에도 안주

1 1. 용장계곡
2 2. 경주 금오산

할 수는 없었다. 스스로를 방탕한 유람이라는 뜻의 '탕유'라고 이름하여 세상을 돌아다녔지만 어디에서도 그의 울분과 고독은 달랠 수 없었을 것이다.

그는 역린의 길을 걸었다. 철저한 신분 사회였던 당시에 한 미한 무반의 집안에서 태어난 그는 지체가 낮아 자신의 뜻을 이룰 수 없었다. 뛰어난 글재주를 타고난 그는 자신에게 허용된 위치에서 살아가는 것을 받아들일 수 없었고 그런 이유로 세상과의 불화를 겪었다. 그는 방외인으로 방랑과 비판으로 일생을 보내야 했다. 그러나 그는 헛된 방랑과 비판만 일삼은 것이 아니었다. 「서민敍悶」이라는 제목의 시에서 "마음과 일이 어긋날 때에는 시를 빼놓는다면 즐거울 것이 없다"라고 하면서 시 짓기를 즐겼다. 그러면서 삶의 진실을 찾고 새로운 이치를 탐구하기 위해서 분투했다.

자신의 처지를 깊이 인식하면서 방외인들이 당시의 사림이나 관인들과는 다른 세계를 열어야 하는 이유를 분명하게 인식하고 있었다. 「산림」이라는 글에는 "방외지사가 도를 지킴이 독실하지 않고 뜻을 세움이 확고하지 않다면, 굶주림은 내 목숨을 버리기에 알맞고 궁박함은 이 삶을 망가뜨리기에 족할 뿐이다. 어찌 시냇물을 손으로 움켜 마시면서 임금의 부름을 우습게 알고, 명아주 풀을 뜯어 먹으면서 일생이 즐겁다고 하겠는가?'라고 했다. 당시의 방외인들이 아니라 요즘의 우리가 새겨 들어도 좋을 말이다. 그 시대의 방외인들은 요즘의 민중들과 다를 바없이 주류로부터 제외되어 있었지만 그는 주어진 현실에 머리를 숙일 수 없었다.

그는 일생을 평탄하지 못하게 살았다. 떠돌아다니던 승려생활을 청산하고 가정을 이루었으나 아내가 일찍 죽고 나이 오십에 자식도 없이 농사를 지으며 살아야 했다. 그에게 주어진 운명이 그를 철저한 방외인의 삶으로 내몰았다.

『금오신화』역시 당시 세조의 치세를 받아들일 수 없는 저항의 산물이었다. 용장골과 은적골을 걸으며 그를 생각했다. 세상으로부터 등을 돌리고 깊은 산길을 허적허적 걷는 그가 떠올랐다. 그 길은 '김시습의 길'이었다. 지금도 사람들은 세상으로부터 등을 돌리고 싶을 때면 산을 찾는다. 그런 어느 날, 김시습을 따라 그 길을 걸어보면 왜 그가 "금오산에 있는 뒤로 멀리 나가 노는 것을 사랑하지" 않았는지 알게 될 것이다.

2부

문인수
김성도
조지훈
박인로
이　황
정몽주
길　재
이　색

흰내와 방울음산

문인수의 『홰치는 산』
- 성주

방울음산은
북벽으로 서 있다

방올음산은 북벽으로 서 있다

그 등덜미 시퍼렇게 얼어 터졌을 것이다

로 시작되는 문인수 시인의 시 「홰치는 산」에 자주 등장하는 방올음산은 그의 고향인 성주군 초전면 대장리 630번지, 생가가 있는 마을을 휘돌아가는 '흰내白川'라는 강 건너 넓은 들판 저 멀리 바라보이는 산이다. "해발 칠백팔십이 미터인 이 산은 마치 삼각의 푸른 종 하나가 하늘 깊이 걸려 있는 그런 형상"(「방올음산 이야기」 중에서)을 하고 있다. 그 "방올음산의 4월은 환장이다. 진달래가 그렇게 온 산을 뒤덮었다."(「四月」 중에서) 그 산에 진달래가 피면 "먼 산, 방올음산 갔던 사내들 돌아옵니다./ 참꽃 꺾어 붉게 두건에다 꽃고, 소머리에 길마 위에 풀 짐 위에도 꽂고"(「참꽃」 중에서) 그렇게 돌아오면 아낙들은 또 그 꽃을 받아 항아리에 가득 채운다. 아무리 농투성이 사내라 하더라도 진달래가 환장하게 피는 4월이면 꽃을 꺾어와 아낙에게 앵기는 일은 무시로 있었다. 그렇게 방올음산은 그의 고향에 대한 그리움의 저 깊숙한 곳에서 단내를 풍기거나 썩어 문드러진다.

그 산을 타고 강이 마을로 흘러든다. 흰내에 큰물이 지면 아버지는 소꼬리를 잡고 그 물을 건너 논의 물꼬를 보러 가는데 그걸 바라보는 그의 마음도 조마조마하여 "나도 용쓰며/ 둑 위 진창에다 발끝을 박았다."

문인수 시인의 생가를 찾아간 날은 집보다 먼저 아버지가 소꼬리를 잡고 물을 건너던 강물을 굽어보며 그가 조마조마한 마음으로 용을 쓰느라 발끝을 진창에다 박았던 흰내 강둑에 섰다. 그러고는 강을 건너 그의 아버지가 물꼬를 보러 다녔을 그 들판을 건너다 보았다. 강 건너 들판을 굽어보며 나도 들판 너머 방올음산을 쳐다보느라 시멘트 바닥에 발끝을 박았다. 그의 용쓰는 마음이 위태위태하게 나에게로 건너왔다. 장마가 질 때마다 그는 몇 번이나 더 그렇게 강둑에 서서 용을 쓰며 아버지를 지켜보았을까.

서너 채의 고래 등 같은 기와집이 있었다는 그의 생가에 지금은 집들은 모두 사라지고 텅 빈 터만이 세월의 허기를 달래주고 있다. 집이 헐리는 줄도 몰랐다는 그에게 고향은 "봄, 연두 들녘 물안개 벗으며 눕다"처럼 돌아가서 눕고 싶은 곳일 것이다. 그 집이 있었다면 이런 봄날 마루에 앉아 멀리 방올음산을

생가터

올려다보며 어린 시절의 추억에 젖었을지도 모르겠다. 그러나 이제는 그나마 허물어지지 않고 남아 있는 담 끝 대문 옆의 한 그루 민둥아까시나무만 시인의 추억을 되새김질하고 있다. 아직 이른 여름이라 꽃은 이제 막 피려는 참이지만 민둥아까시나무 특유의 향내가 코끝을 진하게 스쳐왔다.

"아버지, 엄동의 산협에 들어"가고 언젠가는 그도 그 산협에 들 것이다. 그러면 동네를 휘돌아 흐르는 흰내에서는 물안개가 피어오르고 늙은 수탉도 날개를 접을 것이다. 그와 더불어 사라진 집에 대한 안타까움과 그리움도 날개를 접을 것이다.

흔적 하나 남기지 않은 휑한 생가터 옆에서 서성이며 생가터 뒤의 중학교와 그 멀리 방울음산을 올려 보았다. 지금 중학교가 있는 자리는 그가 어릴 적에는 갈갯들이 넓게 펼쳐져 있었다. "우리 집은 마을의 맨 북쪽 끝에 있었다./ 집 뒤로는 곧장 너른

갈갯들이 만판 펼쳐져"(「가묘」 중에서) 있었는데 그 넓은 들판에는 겨울이면 매운 북풍이 갈지자로 설쳐대곤 했다. 매운 북풍의 바람 소리를 들으며 잠이 들면 집에서 키우는 검둥이는 외양간의 소 곁에 기대어 잠들곤 했는데, 어느 날 밤 검둥이가 몹시도 짖어댔다. 나가 보니 외양간이 텅 비어 있었다. 저녁마다 머리를 기대고 잠들었던 소가 사라지니 검둥이는 아버지께 알리고자 동네가 떠나갈 듯이 짖어댄 것이다. 그 검둥이를 따라간 아버지가 소를 찾은 것은 첫닭 울 무렵이었고 그 소를 몰고 아버지가 돌아오신 것은 "동녘 일출을 후광으로 아버지와 소, 검둥이란 놈이 한데 어우러져 돌아오던 그 아침"(「尋牛圖」 중에서)이었다.

그 마을에 "노리실댁/ 소래네/ 닥실네/ 봉산댁/ 새촌네/ 분네/ 개야네/ 느미/ 꼭지/ 뒷뫼댁/ 부리티네/ 내동댁/ 홈실네/ 모금골댁/ 등골댁/ 소독골네/ 갈갯댁/ 순이/ 봉계댁"(「창포」 중에서)이 함께 살았을 것이다. 그리고 들병이란 여자까지도. 그 사람들 한 명 한 명을 호명해 원고지에 쓰는 그의 마음 한편에는 그들이 살아가던 모습이 환하게 떠올랐을 것이다.

누구나 그렇겠지만 그 역시도 고향에 대한 그리움이 깊다. 그리하여 "이 땅의 神이옵신 그리움"으로 고향 마을을 생각한다. 그에게 고향은 "자기존재의 발원, 고향이란 그러나 멀거나 가까운 어떤 공간이 아니라 이제는 도저히 가닿을 수 없는, 시간의 아득한 저편"이다. 성주에서 멀지 않은 대구라는 대도시에 살면서 생각하는 고향은 너무나 아득하여 도저히 가닿을 수 없는 적막강산이다. 고향이란 것이 물리적인 거리가 가깝다고 하여 선뜻 돌아갈 수 있는 곳이 아님은 고향을 떠나 본 자들은 안다. 고향을 떠난 자들은 떠난 이유로 인하여 다시 고향으로 돌아가기가 어렵다.

그는 어릴 때 마을에서 오 리 정도 되는 장갓마을로 시집간 큰누님 집으로 놀러 갔다. 자신을 업어 키운 누님이라 보고 싶었을 것이다. 누님은 어린 그에게 삶은 강냉이를 주었는데 그걸 실컷 얻어먹고 와서는 으스대며 자랑을 한 모양이다. 그런데 "느그 누부야 눈에 눈물 빼러 갔더냐며/ 어머니한테 몽당빗자루로 맞았다." 남자들은 자기를 업어 키운 누님에게 어머니한테나 느끼는 묘한 정서를 느끼는 것 같다. 어머니가 몽당빗자루로 때릴 때도 등 뒤로 숨겨주는 사람이 큰누님인데 우리 집의 막내한테도 이 시와 같은 일이 있었다. 하루는 큰누나가 보고 싶어서 친구와 같이 이웃 면으로 시집간 누나한테 자전거 타고 놀러 갔다는 것이다. 자식 같은 동생이 오니 화들짝 반겼을 언니는 시어머니 눈치 봐가면서 이것저것 해 먹였을 것이고 집으로 돌아와 문인수 시인처럼 으스대며 자랑하다가 엄마한테 혼쭐이 났다. 너거 누부야 힘들거로, 거기는 머 할라고 갔더노? 엄마 같은 누나를 보고 좋아서 돌아온 막내는 그 이후로는 누나가 힘들까 봐 두 번 다시 가지 않았다는 이야기를 지금도 가끔 한다. 이런 추억들이 어디 문인수 시인이나 내 동생에게만 있을까. 엄마가 몽당빗자루로 때릴 때 등 뒤로 숨겨주던 누나가 시집가고 나

방울음산

면 그리움에 몸살을 앓다가 노는 결에 그렇게 한 번씩 누나에게
다녀오고, 사는 걸 뻔히 아는 엄마한테 또 혼나고, 그러면서 철
이 들어 그 누나를 그리워하는 동생들에게 누나는 엄마의 또 다
른 이름인 것이다.

　고향 성주에 대한 그의 시집 『홰치는 산』 전체에서 떠오르는
지명은 방울음산이다. "방울音 나는 산"이라 하기도 하고 "방올
음산 바우람산 바라암산"이라고도 하는 이 산은 그의 집이 있는
대장리를 휘돌아가는 강변 너머에 있다. 그리고 "저 산이 횐내
를 흘려보낸다"(「방울음산」 중에서)라는 구절처럼 횐내는 그 산에
서 나왔다고 생각할 만큼 횐내와 방울음산은 하나로 엉켜있다.
그 산발치에는 '선거릿재'라는 재가 하나 있는데 그 재로 "소장
수들의 소몰이나 장짐바리들이, 나뭇짐 나락짐을 실은 달구지

1 1. 초전 오일장터
2 2.초전 우시장 자리

들이 저무도록 새도록 줄지어 이 고개를 넘나"(「방울음산 이야기」 중에서)들었다. 그 재는 쟁기질하다가, 시집살이하다가 한숨이 나오면 올려다보곤 하는 재인데 희한하게도 "재 너머 그 마을 재에 가려 안보이고/ 한 해 두 해 갈수록 아니 보이"(「선거릿재」 중에서)는 재다. 시집살이하느라, 사는 일이 고달파서 그 산을 올려 다보며 그리움과 고달픔을 달래다 보면 어느덧 재 너머 시집오 기 전에 살던 마을은 보이지 않는다. 그렇게 그 재를 올려다보 며 그리움을 달래고 고달픔을 달래며 새로운 터에 자리 잡는 것 이다.

그러다가 오일장이 열리면 "농투성이 무지렁이 근동의 사람 들, 흰 두루마기들, 수인사며 안부들, 우시장 소 울음들, 뻥튀기 꽝음들, 대장간 풀무질이며 몽그라진 연장들, 장돌뱅이 땜쟁이 며 야바위꾼이며 엿장수들, 국밥집들, 저녁노을 시뻘건 국밥 냄 새들, 취한 늙은이들"(「분향하고 싶다」 중에서)이 모여들어 막걸리 한 잔에 와자지껄 떠들다가 저녁 무렵이면 간칼치나 간고등어 를 들고 휘청거리며 돌아가는 사람들이 모여 사는 곳이다. 시골 오일장의 운명이란 게 거진 비슷해서 그렇게 와자지껄 휘청거 리던 초전 오일장도 오래전에 문을 닫았다.

그리고 그 "장날과 장날 사이에 대티고개 있다./ 성주장 초 전장 사이에 대티고개 있다."(「대티고개」 중에서) 이 대티고개는 성 주군에서 초전으로 들어갈 때 이용하는 905호 지방도로인데 이 고개를 넘어서면 초전면의 넓은 들판이 나타난다. 예전에는 지

대티고개

금보다 훨씬 높았다는데 길을 내기 위해 산을 깎아 낮아진 대티
고개를 넘어가면 갑작스럽게 눈이 환하게 트이는 넓은 들판이
보인다. 참외 농사를 짓는 하얀 비닐하우스가 온 들판을 덮고
있어 마치 흰 눈이 내린듯하다. 예전에는 이 고개에 주막도 있
었다고 전해지는데 아마도 지금처럼 넓은 길이 만들어지기 전
에는 성주장에 갔다 오는 촌로들이 막걸리 한 잔에 취해 국밥
냄새 얼큰히 풍기며 그 고개를 넘었을 것이다. "길 흔드는 달아,
나는 바로 걷도다 꽝 꽝 디디며 가도다 대티고개, 고갯마루 올
라서면 보이나니. 오 리 밖 저 동구 오동나무 꼭대기"(「밤길」 중에
서)를 쳐다보며 집에서 기다릴 아내와 아이들을 생각했을 것이
다. 주막이 있던 자리였는지 지금도 이 고개에는 큰 기사 식당
이 있어 고개를 넘기 전에 허기를 달랠 수 있다.

　그렇게 그 고개를 넘어 초전면으로 들어오면 어디선가 뒤를

흰내

따라온 흰내白川가 불쑥 나타나고 그 강을 따라 여기저기 듬성 듬성 훤칠하게 미루나무가 서 있었을 것이다. 예전에 미루나무 는 강둑 여기저기에서 흔하게 볼 수 있었는데 그 미루나무는 "저 동떨어지게 키가 커 싱겁다. / 산 너머 오십 리 밖 기적 소리 도 風向도 일단/ 이 나무에 먼저 감겼다 풀렸다 사윈다." 마을을 지키며 서 있던 미루나무들은 지금 생각해 보면 그의 표현처럼 참 싱겁다. 그리고 그 나무는 어디에고 흔하게 있었기 때문에 마을로 들어오는 모든 바람과 소문들은 그 나무에 먼저 감겼다 가 풀렸다가 사그라든다.

그는 초등학교 때 숙제로 나온 동시 한 편을 제출했는데 선 생님으로부터 경천동지할 칭찬을 융단폭격처럼 받고는 시업의 길로 들어섰다고 인생을 해석한다. 그리고 그는 평생 시로 모든 것을 이루었다고 할 정도로 우리나라에서 탁월한 서정시인으로 떠올랐다. 상이란 것이 그 사람의 업을 보상해 주는 것은 아니지만 그는 미당 문학상을 비롯하여 김달진 문학상, 동리목월 문학상 등 시로써 받아야 할 상은 모두 받았다. 그 경천동지할 칭찬을 융단폭격처럼 퍼부었던 선생님은 그리고 보면 시인으로서의 그의 앞날을 예지했던 것이다.

성주농고에 다니다가 대구고등학교로 전학 오면서 시골 생활은 끝이 났지만 그는 고향 성주에 대한 시를 많이 남겼다.

경상북도 성주군 성주읍 왕버들 숲엔
오래된 기억처럼 나이테처럼 고목들이
껴안은 험준한 읍성이 그대로 있다

로 시작되는 시 「성밖숲」은 성주읍성 서문 밖의 천연기념물 제403호로 지정된 왕버들이 있는 숲이다. 수령 300~500년 된 왕버들 60여 그루가 울창한 숲을 이루는데 읍성은 이제 허물어져 흔적을 찾기 어렵지만 성주의 각종 행사는 거의 여기서 열린다. 가을이면 나무 아래 보랏빛 맥문동이 흐드러지게 피어 장관을 연출하는데 그는 "한번 떠난 이 그 누구도 다시는/ 돌아오지 않는다."라며 고향 떠난 사람들을 그리워하는 성밖숲에서 혼자서 성문 닫히는 소리를 들으며 시를 쓴다.

그 역시 한번 떠난 고향으로 다시 되돌아가지는 않았지만 객지에서 성문 닫히는 소리를 들으며 그 사무침에 몸을 떨었을 것

선석사

이다. 그리고 가만히 귀를 기울이며 성밖숲을 휘돌아 흐르는 이천의 물소리와 어릴 적에 자주 갔다는 선석사의 종소리를 들을 것이다.

사월 초파일이면 그는 선석사에 갔다. 어머니 따라 갔겠지만 "사람 구경 싸움 구경 왔었지요 아니, 여차하면 나도 한판 붙고 싶어 왔었지요."(「선석사」 중에서)라는 것처럼 그의 속내는 따로 있었다. 그 속내란 한참 피가 들끓을 때라 가까운 데 있는 선석사 아래 동네 아이들의 "이마를 돌로 찍"는 싸움을 한판 벌이는 것이었다. 선석사는 성주군 월항리에 있는 절로 옆에 있는 세종대왕자 태실을 이 절의 스님들이 관리했기 때문에 태실 수호사찰이라 불리기도 했다. 그만큼 명성이 있기도 했지만 성주군 내에서는 가장 큰 절이라 사월 초파일이 되면 그의 어머니도 그 절로 갔을 것이다. 그는 사십여 년 만에 그 절에 가서는 흰 불두화의 커다란 대가리가 멀쩡한 것을 보고는 "뭉게뭉게 자꾸" 웃는다. 말하면 무엇하겠는가. 어릴 적 어머니 모르게 동네 아이들의 이마를 돌로 찍고는 대웅전 뒤로 숨어들었던 일들이 생각나서겠지. 그러니 그 멀쩡한 불두화 대가리를 보면서 혼자서 자꾸만 뭉게뭉게 웃는 것이다. 아쉽게도 내가 간 날은 이미 불두화는 지고 제풀에 꺾여 내린 불두화 대가리들이 길가에 즐비하게 늘어서 있었다. 이미 대가리가 푹 꺾인 불두화를 보면서 이 시가 생각나 나도 자꾸만 뭉게뭉게 웃었다.

그는 그렇게 대구에 앉아 성주의 물소리를 듣고 선석사의 종소리를 듣고 방올음산에서 들리는 소의 요령 소리를 듣는다. 그것은 그리움에 사무친 시인들이 흔히 하는 일로, 소리는 가깝다고 들리는 것이 아니고 멀다고 들리지 않는 것도 아니라는 것을 시인은 알기 때문이다. 그렇게 들은 소리들은 모두 시인의 가슴으로 흘러들어 시가 된다.

소가 죽었습니다
바깥 마당이, 서른 마지기의 들녘이 텅 비어 버렸습니다.
　　　　　　　　　　　　　　　　　　　- 「붉은 적삼」 중에서

소 한 마리가 죽고, 서른 마지기의 들녘이 텅 비어 버리는 일은 농부만이 아는 슬픔이다. 그리고 소의 죽음과 함께 "아버지, 일평생 마침내 논 서른 마지기 이루고, 그러나 송충이 같은 자식들 그 푸르게 일렁이던 논들 다 갉아먹어 버리고 빈 들 노을 아래 서 있던…"(「풀뽑기」 중에서) 아버지의 붉은 적삼과 시뻘건 비린내와 저녁노을로 환치되면서 그만 아득해져 버리고 만다. 아마도 그 슬픔을 방올음산이 들었을 것이고 흰내와 함께 울면서 노을로 타올랐을 것이니 아버지 혼자만의 슬픔은 아니다. 올해 여름에도 방올음산을 타고 내려온 흰내의 물이 넘쳐 소꼬리를 잡고 강을 건너던 아버지의 모습을 보고 싶은 것은 이제는 늙어버린 시인만의 꿈은 아닐 것이다. 나도 그렇게 그 둑에 아득하게 서 있고 싶어진다.

계성학교

김성도의 〈어린 음악대〉

- 대구

따따따 따따따
나팔 붑니다

1988년이라니 내 나이 21살 때이다. 그때 나는 등단도 하지 않은 채 '경산문학회'에 가입해 있었는데, 아직 어린 나이라서 그랬는지 어른들이 많이 챙겨 주셨다. 문학이 뭔지도 모르면서 막연히 어른들을 따라다니던 그런 시절이었는데 어느 날, 회장이었던 김윤식 시인이 김성도 아동문학비를 세우기로 했다고 하시고는 기금 모금에 나섰다. 김윤식 시인이라면 1960년 대구에서 일어난 학생의거인 2.28 학생 시위를 직접 목격하고 근처 다방에서 일필휘지로 「아직은 체념할 수 없는 까닭」이라는 시를 쓴 시인으로 현재 대구 2.28 기념 중앙공원에 그 시비가 있다. 김윤식 시인은 당시 경산 용성의 시골에서 농사를 짓고 계셨는데 문학 단체에 돈 쓸 일이 있으면 사과 판 돈을 가지고 와서 쓰시곤 하셨다. 그러고는 "그거 사과 판 돈이데이." 하셔서 당시 나는 엄청나게 큰 사과밭이 하나 있는 줄 알았다.

아마 그때도 그랬을 것이다. 시비를 건립하기 위해 김윤식 시인은 사과 판 돈을 얼마간 내놓고 여기저기서 돈을 모아 문학비를 세우기 위해 동분서주하셨다. 나이가 어렸고 철이 없었던 나는 거기에 기금을 보탤 여력도 없었지만 보태야 한다는 생각도 하지 못한 채 그저 어른들이 하시는 일이라니 보고만 있었다. 드디어 문학비를 만들고 제막식을 하는 날, 어른들을 따라갔더니 하양초등학교 뒷마당의 담 가까운 곳에 하얀 천으로 씌운 문학비가 서 있었다.

아스라한 기억으로 남아 있는 그날의 기억을 더듬어 하양초등학교로 갔다. 내 기억에는 문을 들어서면 문학비는 오른쪽에 있었던 것 같은데 왼쪽에 있었다. 그리고 그 앞에 작은 연못을 비롯한 아름다운 정원을 가꾸어 놓았다. 물론 당시에는 없던 것들이다. 담 위로 마침 화사하게 피어 있던 붉은 덩굴장미 너머로 문학비가 보였다. 그때 함께했던 김윤선 시인과 전상렬 시인, 김선길 수필가 등 기억나는 분들은 이제 모두 돌아가셨다.

"김성도가 경산 사람인데 문학비는 하나 세워야지."라시며 동분서주하셨던 김윤식 시인이 아니었다면 그 문학비가 세워졌을지 모르겠다. 1988년이라면 김성도 선생이 돌아가신 이듬해니까 선생이 돌아가시고 당연히 경산 지역의 후배 문인으로서 문학비를 세워야 한다는 의지가 만들어낸 기념물이다. 그것이 지금은 김성도의 유일한 시비이기도 하다.

따따따 따따따 주먹손으로
따따따 따따따 나팔 붑니다

　주먹을 휘두르며 이 노래를 부르거나 아니면 학교 합주부에
서 작은 북과 피리와 함께 이 노래를 부르며 우리는 자랐다. 김
성도라면 이 〈어린 음악대〉가 생각날 정도로 선생의 대표적인
곡인데 문학비에도 어린이들이 나팔을 불며 씩씩하게 나가는
모습이 부조되어 있어서 이 노래를 부르며 놀던 우리들의 모습
이 선하게 기억난다.
　원래 김성도는 연희전문학교에 다닐 때 문학보다는 음악을
공부하고 싶어 했다. 그러나 집안 형편이 어려워 뜻대로 하지는
못했지만 1934년 〈어린 음악대〉를 작곡해서 그 악보를 각 학교
로 배부했고 이것이 방송을 타면서 유명해지기 시작했다. 그가
작곡한 노래는 많다. 강소천의 〈보슬비의 속삭임〉, 〈호박꽃 초
롱〉과 윤태웅의 〈아기별〉 등 많은 동요에 곡을 붙이면서 음악
적인 재능을 발휘했다. 단순하고 밝은 그의 노래는 많은 아이들
에게 불리면서 사랑을 받았다.
　80년대 당시만 해도 소읍에 불과했던 하양읍은 이제는 경산
시에 버금가는 제법 큰 도시로 발전했다. 많은 아파트가 들어서
고 하양초등학교 주변으로도 온통 상가와 건물들이 들어서서
도시의 어디나 마찬가지이지만 초등학교가 도시 속의 고립된
섬처럼 느껴졌다. 하양초등학교를 졸업한 그를 기념하여 세운

김성도 노래비

기념비를 둘러보고 그가 태어난 하양읍 와촌면 덕촌리로 향했
다. 개발이 한참인 와촌은 갈 때마다 모습이 달라져 당황스럽
다. 산을 깎고 길을 새로 내면서 원래의 마을들이 형체를 잃어
가니 덕촌리라고 그대로 남아 있을지 걱정스러웠다. 그러나 그
런 기우와는 달리 덕촌리는 아직은 조용한 동네였다. 작은 텃밭
의 풀을 뽑고 있는 촌로에게 김성도를 아시느냐고 물어보았더
니 모른다고 했다. 여기저기 어른들께 물어보아도 안다는 사람
은 아무도 없었다. 마을 앞의 논에 축사가 몇 있고 오래된 슬래

브 지붕이 아직도 있는 전형적인 농촌 마을임에도 이미 그 동네에서 김성도는 잊힌 사람이었다. 거기에서 60리나 떨어진 계성학교까지 통학했다고 하니 그가 그 동네에 산 것은 제법 오래인데도 기억하는 사람이 없다는 것은 이미 한 세대가 바뀌었음을 뜻한다.

당시만 해도 그곳은 하양읍에서 멀리 떨어져 있는, 외부와 단절된 시골 마을이었겠지만 이제 그곳은 외부와 단절된 곳이 아니라 소위 말하는 '한데' 였다. 도시 문물이 적당히 스며들고 문명의 세례를 적당히 받은 곳을 경산 사람들은 '한데' 라고 불렀다. '넓은 곳' 이라는 의미이니 외지고 고립된 곳이 아니라 트인 곳이라는 의미다. 그러니 김성도와 동시대를 산 사람들은 이미 이 세상 사람이 아닐 것이고, 그를 어렴풋이 기억하는 후손들도 거의 대부분 마을을 떠나 있을 것이니 그를 기억하는 이가 없는 것은 어쩌면 당연한 일인지도 모르겠다. 그렇지만 평생을 마을에 산 사람들도 그를 전혀 기억하지 못한다니 아쉬울 따름이다.

마을 뒤로는 영천으로 가는 대로가 있고, 앞으로는 넓은 들판이 있어 마을 사람들이 그렇게 어렵게 살 형편은 아니었던 것으로 보인다. 김성도는 그 마을에서 노래처럼 동네 아이들과 나팔을 불며 노래를 부르고 자랐을 것이다. 당시 아이들이 마을을 쏘다니며 총싸움을 하거나 숨바꼭질을 하면서 지내다가 학교 가는 길에는 그렇게 노래를 부르며 모여서 가곤 했다. 그럴 때

이 노래는 부르기 좋은 노래였다. 걸으면서 손을 흔들며 노래를 부르면 저절로 신이 나서 학교 가는 걸음도 가벼워지곤 했던 것이다.

덕촌마을에서 와촌초등학교까지의 거리는 제법 되었다. 당시의 시골 마을이 대부분 모두 그랬지만 족히 30~40분은 걸릴 거리였다. 읍 소재지에 살지 않으면 대부분 그렇게 학교를 다녔으므로 그렇게 먼 거리는 아니지만 김성도는 그때 친구들과 무슨 노래를 부르면서 다녔을지 궁금했다. 그 시절이라면 군가를 많이 불렀을 것이고, 그래서 그는 더 〈어린 음악대〉 같은 어린이다운 노래가 필요했다고 여겼을지도 모른다.

그러다가 그는 대구 계성학교로 가면서 무려 60리 길을 통학했다. 기숙사 생활을 하거나 학교 근처에 하숙을 할 수도 있었겠지만 형편이 어려워서 그러지 못했다. 그 계성학교에는 박태준이 교사로 있었고, 현제명이 이미 그 학교에 다니고 있어서 그의 문학적 감수성이 싹을 틔웠을 것이다. 그때 처음 잡지에 글을 투고하기 시작했으니 계성학교는 그의 문학적 디딤돌이 되어 준 격이다. 그는 계성학교를 다니기도 했지만 해방 이후 신명여고를 거쳐 계성학교에 부임하여 교사를 하기도 했다. 지금 청라언덕 위에 있는 신명여고나 서문시장 옆에 있는 계성학교는 대구에서는 전통이 깊은 학교로 많은 명사를 배출했다.

계성학교는 1908년 미국인 제임스 아담스가 지은 학교로 이후 대구의 기독교계 명문 사립으로 부상하면서 특히 예술인들이 많이 배출되었는데 김성도도 그중의 한 사람이다. 지금은 서구 상리동으로 이전해 가고 당시 지은 붉은 벽돌 건물들은 비어 있거나 중학교로 쓰고 있는데 전통이 깊은 학교답게 교문을 들어서면 울창한 숲이 반긴다. 지금은 대구시 문화재로 지정된 건물들이 고색창연한 아름다움을 뽐내고 있는데 아마도 당시에도 그런 분위기가 예술창작에 많은 활력이 되었을 것이다.

청라언덕 위 선교사 사택 부근에 '산파' 현판이 붙은 김성도의 작은 집이 있었다. 김성도는 1957년 이응창과 함께 처음으로 '대구아동문학회'를 창립했는데 아동문학회 회원들에게 그의 자택은 보금자리 역할을 했다. 모임이 끝나면 회원들은 모두 "따따따 따따따 주먹손으로 따따따 따따따 나팔 붑니다"라고 노래를 부르곤 했다. 그러나 지금 청라언덕 위나 계성학교 어디에도 김성도의 흔적을 찾아볼 수 없다.

〈동무생각〉을 작곡한 박태준이 계성학교에서 음악선생으로 근무하며 지은 교가비가 하나 있을 뿐 워낙 많은 예술인과 명사가 배출된 학교라서 그런지 그 흔한 시비 하나 없었다. 계성학교에서 동산병원 쪽으로 고개를 돌려 올려다보면 청라언덕인데 김성도는 거기서 계성학교를 다닌 것이다.

청라언덕은 예나 지금이나 오래된 풍경들이 정겹다. 만세길이라고 불리는 높은 계단도 만들어진 그대로 남아 있어 그 계단을 오르다 보면 태극기를 들고 학교에서 뛰어나왔을 신명여학교 학생들이 눈에 선하다. 아마 김성도 선생도 그 계단을 오르

1. 계성학교 핸더슨관

2. 핸더슨관

3. 계성학교 교가

내리며 동요를 흥얼거리다가 문득 악상이 떠오르면 노래를 짓곤 했을 것이다. 계성학교와 신명여학교, 청라언덕의 오래된 건물들과 제일교회 마당을 서성거리며 김성도 선생을 생각했다. 대구아동문학회를 창립하고 아동문학의 활성화를 위해 동분서주했을 선생의 모습이 청라언덕 위에 어리는 것도 같다.

신명여고를 거쳐 계성학교로 간 선생은 아동문학의 활성화를 위해 많은 노력을 하셨는데 대구아동문학회를 창립한 것도 그때쯤이다. 음악을 전공하고 싶어 했을 정도로 음악에 관심이 많았던 그는 동화에도 많은 관심을 쏟았다.

'어진길'이라는 그의 호는 성도라는 이름을 한글식으로 풀어 쓴 것이다. 김성도가 계성학교 개교 50주년 기념행사로 개최한 '경북 도내 아동글짓기 대회'가 열풍을 일으키면서 많은 아동문학가들이 탄생하는 계기가 되었고, 대구 경북의 아동문학이 전국에서 강세를 유지하는 바탕이 되었다. 그러니까 그는 집인 '산파'를 중심으로 계성학교를 오가면서 대구아동문학의 발전을 위해 헌신한 것이다.

선생이 돌아가시고 한참 후인 2015년, 대구의 문인들이 '성도아동문학상'을 제정했다. 대구아동문학에 헌신한 선생의 업적을 드러내고 유지하는 것이 대구 문인들이 해야 할 일이라고 생각한 것이다. 김성도는 대구 아동문학계의 훌륭한 자산이자 자취이며 역사이다. 선생이 돌아가시면서 그의 흔적도 사라져 갔지만 그가 오랫동안 재직했던 계성학교와 집이 있었던 청라언덕은 대구아동문학의 기억의 공간이 될 것이다.

　세월이 흘러가도 아이들은 여전히 작은 주먹을 휘두르며 "따따따 따따따 주먹손으로 따따따 따따따 나팔 붑니다"라며 그의 노래를 부를 것이다. 그것은 때로 작은북의 따르르륵거리는 소리와 함께하거나 서툰 나팔 소리와 함께 울려 퍼질 것이다.

　한 사람이 사라지고 그와 연관되었던 사건들도 사라져 가고 그가 썼던 사물들도 거짓말처럼 사라져 간다. 사라져 가는 자리에 또 다른 것들이 들어서지만 사라진 사람의 자리는 쉽게 비워지지 않는다. 바로 기억 때문이다. 문학비 위에 덮어 두었던 흰 천이 걷히며 김성도 문학비가 드러날 때 나는 그토록 대단한 사람의 문학비가 그토록 초라하다는 것에 놀랐다. 문학비가 모두 그런 것인 줄 그때 알았다면 별것 아닌 기억이겠지만 환한 햇살 아래 드러난 작은 문학비가 김성도의 이름에 비해서 너무 초라하다는 것은 젊은 나의 생각이었다. 이제는 그런 문학비조차도 한 사람을 기억하는 데는 너무나 훌륭한 사물임을 안다. 와촌의 고향 마을에도, 그의 집이 있었던 청라언덕에도, 그의 동요와 동화가 창작되던 계성학교에도 그의 흔적은 모두 사라졌지만 우리는 그곳을 서성이며 그를 기억한다. 골목 가득히 울려 퍼지던 그의 노래와 함께.

조지훈문학관

조지훈의 주실마을

- 영양

검푸른 숲 그림자가
흔들릴 때마다

    높은 계단을 투덕투덕 올라가는데 이미 신과 깊이 내통해 버린 눈빛을 가진 할머니가 마당에 앉아 일을 하고 계신다. 저분은 오늘 내가 여기 올 걸 이미 알았을 거야. 계단을 오르는 동안 할머니의 눈빛이 내 가슴에 깊이 박혀서 비밀을 산산이 들켜버렸으니 무당 할머니에게는 무장해제가 옳지. 그렇게 초파일 등이 환하게 걸려 있는 신당 계단을 올라가니 할머니는 바람에 말린 방석 홑청을 하나하나 손질하며 씌우고 있었다. 말이 필요 없는 곳이다. 이미 할머니는 알고 계시고 나는 할머니가 알고 계실 것이라 생각하니 굳이 말이 필요 없는 곳에 당도한 것이다.

    당신의 손끝만 스쳐도 소리 없이 열릴 돌문이 있습니다. 뭇 사람이 조바심치나 굳이 닫힌 이 돌문 안에는, 석벽난간石壁欄干 열두 층

계 위에 검푸른 이끼가 앉았습니다.

당신이 오시는 날까지는, 길이 꺼지지 않을 촛불 한 자루도 간직하였습니다. 이는 당신의 그리운 얼굴이 이 희미한 불 앞에 어리울 때까지는, 천 년이 지나도 눈감지 않을 저의 슬픈 영혼의 모습입니다.

길숨한 속눈썹에 항시 어리운 이 두어 방울 이슬은 무엇입니까? 당신이 남긴 푸른 도포 자락으로 이 눈썹을 씻으랍니까? 두 볼은 옛날 그대로 복사꽃빛이지만, 한숨에 절로 입술이 푸르러 감을 어찌합니까?

몇만 리 굽이치는 강물을 건너와 당신의 따슨 손길이 저의 흰 목덜미를 어루만질 때 그때야 저는 자취도 없이 한 줌 티끌로 사라지겠습니다. 어두운 밤하늘 허공중천虛空中天에 바람처럼 사라지는 저의 옷자락은 눈물 어린 눈이 아니고는 보이지 못하오리다.

여기 돌문이 있습니다. 원한도 사모칠 양이면 지극한 정성에 열리지 않는 돌문이 있습니다. 당신이 오셔서 다시 천년토록 앉아 기다리라고 슬픈 비바람에 낡아가는 돌문이 있습니다.

- 조지훈 「석문」

지훈 조동탁의 집 뒤 일월산 꼭대기쯤 올라가면 길숨한 속눈썹에 흰 목덜미를 한 여인이 앉아 있다. 영양 일월산의 황씨부인당이다. 나는 그 여인을 만나러 일월산을 뒤지고 뒤져 겨우 그 산문에 닿을 수 있었다. 여인을 지키는 할머니의 허락을 얻어 신당 안의 여인을 보니 초록 저고리에 다홍치마를 입은 평범

1   1. 황씨부인 신령각

2   2. 황씨부인당

한 여인이 무지개를 잡고 앉아 있었다. 사무친 원한은 석문이 열릴 때 이미 사라지고 이제는 아무리 그래도 자기보다 덜 원한에 사무친 사람들이 담고 오는 소원풀이나 하고 계신 것일까. 말이 필요 없는 곳이니 나는 다만 마음속에서 몇 마디의 말만 흘릴 뿐이고 황씨부인은 알아들을 것이다.

지훈은 전해오는 일월산의 황씨부인 설화를 모티프로 하여 이 시를 썼다. 지훈뿐인가. 미당 서정주 역시도 이 설화를 통해 애틋한 「신부」라는 시를 쓰지 않았던가. 그러나 미당보다 지훈은 자신이 태어나고 자란 마을의 뒷산에 좌정한 황씨부인의 이야기를 직접 들으며 자랐을 테니 천 년을 기다리는 여인의 설화는 그에게 더 간절했을 것이다.

그의 의식은 항상 일월산과 닿아 있었다. 그가 인사동에 열었던 고서점의 이름도 '일월서방'이었다. 영양에서 나고 자란 사람치고 일월산의 영향을 받지 않은 사람이 도대체 있기나 하겠는가. 일월산은 계룡산과 함께 우리나라에서 무속신앙이 가장 흥성한 곳으로 예전에는 이 일월산에 많은 신당이 있었다. 지금도 일월산길을 다니다 보면 절寺 이름을 단 신당이 여기저기 있고 바위굴에는 기도 흔적들이 남아 있다. 영험하기로 소문난 산이니 당연히 무속인들이 모여들어 기도를 바치고 그 힘으로 속세에 내려가 신의 뜻을 받기를 원하는 사람들에게 신의 대리자가 되어 소원풀이를 해준다.

난생 처음 신당까지 갔으니 신당을 지키는 무당 할머니에게 앉은 자리에서 생각나는 대로 이런저런 운세를 물어보았다. 말이 필요 없는 곳이지만 말없이는 또 귀신도 모르는 것이 사람의 속이라 큰아이, 작은아이의 시험 운이며 남편 사업 운을 슬쩍슬쩍 물어보았더니 노는 자리에서 할머니는 이것저것 말씀해 주셨다. 결론은 잘될 거라는 것, 나도 그 소리를 듣고 싶어서 물어본 거다. 잘될지 안될지는 시간이 흘러야 알 일이고 그 예언이 맞으면 어떻고 안 맞으면 어떠리.

그리고 나올 무렵에는 황씨부인전 앞의 복전함에다 몇 장의 지폐를 넣고 왔다. 세상에 공짜가 어디 있겠는가. 나오면서 우리 가족을 위해서 기도 좀 해달라고 했더니 흔쾌히 그러마고 하신다. 믿거나 말거나 그래도 신과 내통하는 사람인데 할머니의 기도가 나보다야 낫겠지.

기분 좋게 산을 내려가다가 마주 보고 올라오는 커다란 자동차와 1밀리의 간격을 두고 마주 섰다. 그 차는 올라오는 길이라서 차 앞이 안 보였을 것이고, 내려가던 나는 미리 보고 섰지만 속수무책이었다. 내 차와 그 차가 산길에서 그렇게 마주 보고 잠깐 서 있다가 길을 비켜 내려왔다. 아, 세상에 공짜는 없구나, 저 차와 부딪쳤다면 내 차는 중상을 면치 못했을 터인데 처음 가본 신당에서 인사도 잘 하고 예의 바르게 복채도 넣어두고 내려온 덕분에 황씨부인이 보살펴 준 것인가. 황씨부인당 위 일월산 정상에 있던 군부대의 남자들은 차를 울퉁불퉁하게 몬다. 한적한 산길이니 별로 신경 안 쓰고 오르내릴 것인데 그야말로 십

년 감수한 셈, 그런데 아무런 느낌이 없다. 사고 날 뻔했는데 무덤덤했다. 신이 없다는 말은 거짓말이라는 고전적이고 뻔한 위로로 사고 날 뻔한 상황을 복기해 본다. 그렇게 나는 지훈의 시「석문」의 배경이 된 황씨부인을 만나고 왔다. 아름다운 여인이었다. 미당의 시처럼 초록 재와 다홍 재로 풀썩 내려앉아 버리기에는 너무나 아름다운 여인이었다.

지훈이 태어나고 자란 주실마을은 이미 조지훈 문학관 등 마을 전체가 관광지로 조성이 잘 되어 있어서 특별히 이야기를 건져낼 만한 것이 없었다. 지훈이 태어났다는 호은종택에는 오래 전부터 전해오는 가문의 전통이 하나 있는데 바로 삼불차三不借이다. 재물과 사람과 문장을 빌리지 않는다는 의미이다. 호은종택 정도의 가문이면 재물과 문장은 어떻게 해 볼 수 있겠지만 하늘의 뜻인 사람은 어떻게 할 생각이었을까. 대문간에 서서 날아갈 듯한 기와 처마를 올려다보며 그 삼불차에 대해 생각했다. 재물과 사람과 문장을 빌리고 살아야 하는 평범한 사람들의 삶과는 멀어도 한참 먼 공간에 사는 사람들이었다.

주실마을에는 날아갈 듯한 기와를 인 한옥이 대부분이다. 그러나 거의 비어 있어서 나무들은 썩어가고 마루에는 먼지가 하얗다. 사람이 살지 않으니 머지않아 나무에는 좀이 슬고 흙은 내려앉겠지만 그래도 마을을 지키며 사는 사람들이 있어 골목길을 거닐면 어디선가 두런두런 이야기 소리가 들린다. 넘겨다보면 기와지붕을 채 올리지 못한 슬래브 집들에서 들려오는 소

리이다. 기와집 사람들은 모두 마을을 떠나고 가난한 사람들이 남아 마을을 지키고 있다. 허리 굽은 소나무가 고향을 지킨다는 말이 틀린 말이 아니다. 초여름이 되면 모내기를 하고 감자를 캐고 익은 보리를 수확하는 저 가난한 사람들은 아직도 한참 더 주실마을을 지키겠지만 정작 주실마을이라면 상징되는 사람들은 마을을 떠나고 없어 아쉽다.

그러나 그런 양반 가문이 무용한 것만은 아니다. 그들은 일제시대에 독립군자금을 대고 마을의 정신적 지주 노릇을 했다. 지훈의 가문 역시 마찬가지여서 독립운동을 하고 월록서당을 지어서 마을의 교육을 담당했다.

영양의 한옥들은 추위 때문에 ㅁ 자 형태를 하고 있어 내부를 들여다보기는 어렵다. 겨울이 되면 산골의 차가운 바람과 온기를 보존하기 위해서는 사방을 벽으로 막은 ㅁ자 형태의 건물이 필요했을 것이다.

골목길을 서성이다가 시비 공원으로 올라갔다. 지훈은 이미 전설이 되었고 그가 태어나고 자란 집들도 모두 전설이 되고 있다. 시간이 좀 더 흐르고 나면 두서넛의 설화가 보태져 신비롭고 아름다운 언어에 탐닉했던 그의 시들에 이야기를 보탤 것이다.

그의 언어는 탐미적이었다. "얇은 사 하이얀 고깔은 고이 접어서 나빌레라" 「승무」가 그랬고, "묻혀서 사는 이의/ 고운 마음을// 아는 이 있을까/ 저오하노니// 꽃이 지는 아침은/ 울고 싶어라"라는 「낙화」가 그랬다. 그래서 그의 시들을 보면 가슴이 쿵 하고 내려앉을 때가 많다.

영양을 다녀보면 유독 탑이 많다. 용화리 삼층석탑과 모전오층석탑, 화천리 삼층석탑, 현일동 삼층석탑, 현동모전석탑, 삼지모전석탑 등 수를 헤아리기 어려울 정도이다. 거의 대부분이 모전석탑인데 입암면 산내4리에 가면 이 모전석탑을 만드는 돌이 많아서 거기서 돌을 가져와 만들었다. 탑이 많다는 것은 절이 많았다는 것이고 일월산에 신당이 많은 것처럼 영양이라는 땅 전체가 신앙에 기반을 두고 있다는 말이기도 하다. 그래서인지 월록서당에서 공부를 한 지훈의 시에서는 불교 냄새가 진하게 난다. 유학·유교는 통치에 필요한 학문이고 상층부의 종교인데 불교는 기층민중의 종교이다. 사람은 차별이 없다는 불교의 교리는 삶이 고달픈 민중들에게 위로가 된다. 영양 땅은 여기저기에 세를 이루며 사는 양반 가문이 많은 반면에 땅이 척박하고 산세가 험해서 민중들이 살기에는 고달팠을 것이다. 그렇게 양반과 민중이 어울려 살아가야 하는 형편이 유교와 불교가 공존하며 살아가는 땅을 만들었을 것이다.

주실마을에서 멀지 않은 곳에 국보 제187호인 봉감모전 오층석탑이 있다. 산허리를 휘돌아 흐르는 낙동강 지류인 반변천(봉감천)변의 넓은 터에 자리한 이 탑은 처음 모습을 드러낼 때 나도 모르게 아! 하는 탄성이 나왔다. 이 봉감모전 오층석탑은 영양의 모든 탑들을 압도했다.

봉감모전 오층석탑

영양에 도착하여 나는 몇 번 설렘에 젖어 들었다. 첫 번째가 검붉은 꽃이 활짝 피어있는 작약밭 때문이었다. 영양에는 작약밭이 많았다. 그런데 주실마을로 가다가 온통 붉은 꽃이 가득한 넓은 작약밭을 보았다. 차를 멈추고 그 붉은 작약밭 가에 섰다. 한마디로 황홀경이었다. 작약꽃은 마치 황씨부인이 다홍치마를 넓게 펴고 앉은 듯 참으로 영양에 어울리는 꽃이었다. 그다음이 산비탈 밭에 무심하게 자라고 있던 담배풀 재배지였다. 담배풀은 까시라운 담배 이파리 때문에 재배하기 어려운 식물로 알려져 있는데 아직도 영양에는 담배풀을 많이 재배하고 있었다. 그러다 보니 지금은 쓰지 않아 허물어져 가고 있긴 하지만 담배를 말리는 데 쓰던 담배굴도 자주 볼 수 있었다. 그리고 문학작품을 비롯한 많은 예술작품의 모티프가 되고 있는 일월산의 황씨부인전이 있었다.

우리가 미신이라고만 생각하는 신당이라면 아무것도 아니지만 그렇게 많은 작품으로 재탄생되는 여인의 설화는 가슴을 아프게 했다. 너무나 아름다운 초상화 앞에 놓인 화장품과 장신구들이 여인의 한을 말하는 듯했다. 그리고 봉감모전오층석탑, 나는 잔디가 잘 깎여진 탑에서 멀리 떨어진 곳에 앉아 탑을 한참이나 바라보았다. 아름다움을 대할 때의 설렘이 잔잔하게 퍼지고 있었다. 누구에겐가 이 탑 좀 보라고 소리치고 싶었다. 아마 지훈도 그 탑을 보았을 것이다.

물에서 갓 나온 여인女人이
옷 입기 전 한때를 잠깐
돌아선 모습

달빛에 젖은 탑塔이여!

온몸에 흐르는 윤기는
상긋한 풀내음새라

검푸른 숲 그림자가 흔들릴 때마다
머리채는 부드러운 어깨 위에 출렁인다.

희디흰 얼굴이 그리워서
조용히 옆으로 다가서면
수지움에 놀란 그는
흠칫 돌아서서 먼뎃산을 본다.

재빨리 구름을 빠져나온
달이 그 얼굴을 엿보았을까
어디서 보아도 돌아선 모습일 뿐

- 「여운」 중에서

지훈생가-호은종택

　참으로 잘생긴 탑이었다. 그 탑은 계곡과 어우러져 누구나 고개를 숙이게 하는 장엄한 모습으로 터를 지키고 있었다. 꽃을 보듯이 탑을 보며 자랐을 지훈이어서 "물에서 갓 나온 여인女人이/ 옷 입기 전 한때를 잠깐/ 돌아선 모습// 달빛에 젖은 탑塔이여!"라는 찬사도 나왔을 것이다.

　지훈이 열한 살 때 형 세림과 함께 주실마을 소년들이 중심이 되어 만든 문집 이름이 '꽃 탑'이다. 꽃과 탑이 많은 영양의 풍경을 본떠 만든 이름일 것이다. 영양을 상징하는 일월산과 여기저기 흩어져 있는 탑은 이미 지훈의 의식 깊숙이 자리하고 있었다.

탑의 감실에는 부처는 이미 사라지고 누가 가져다 놓았는지 작은 항아리 하나가 있었다. 사람들은 신에게 쌀 한 됫박이라도 바치고 소원을 비는 것을 염치로 알아 오래전에 그 항아리에는 쌀이 담겼을 것이고 모르긴 몰라도 지금은 동전들이 담길 것이다. 마침 지나가는 촌로가 있어 탑의 내력을 물어보니 탑의 내력은 알 길이 없고 지금처럼 보수하기 전 원래의 모습이 훨씬 아름다웠다는 이야기를 해주었다. 아마도 허물어졌을 것이고 모전도 부서졌을 것인데 원래 모습이 얼마나 아름다웠길래 그런 말을 하는지 상상이 가지 않았다. 다만 그때가 훨씬 아름다웠다고 혼잣말처럼 몇 번이나 말씀하시는 것이어서 그 탑을 세웠을 석공의 솜씨가 궁금했다.

감실이 보이는 탑에서 조금 떨어진 잔디밭에는 얼핏 보면 무덤처럼 보이는 작은 봉우리가 하나 있고 앞쪽으로는 무덤에 잇대어 돌로 쌓은 3층 계단이 있다. 무덤치고는 처음 보는 양식이어서 촌로에게 물어보니 무덤이 아니라 단상일 것이라고 말해준다. 앞의 계단을 디디고 올라가서 그 위에 서는 단상이 아니겠냐는 것이 노인의 추리였다. 저런 무덤이 어딨어? 계단이지, 저건 무덤이 아니라 단상이지 단상. 그러고 보니 그런 것 같았다. 아마도 연설을 하거나 지휘를 할 때 올라가서 사용했을 단상이라면 설명이 가능한 구조였다. 그런데 그게 왜 탑 앞에 있을까. 탑 앞뿐만 아니라 뒤에도 그런 봉우리가 하나 더 있다. 다

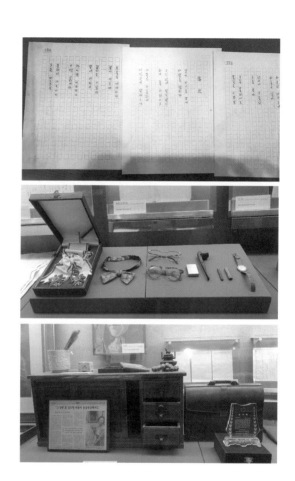

조지훈의 육필원고와 유품들

만 거기에는 돌계단이 없을 뿐이다. 아직 누구도 밝혀내지 못한 탑의 유래뿐만 아니라 거기에는 해명되어야 할 것이 많은 듯했다. 다만 주변에 기와와 벽돌들이 아직도 나온다니 거기도 역시 사람은 가고 흔적만 남은 것인가.

조지훈 문학관이 있는 주실마을의 갓 지은 기와집들은 쌓인 역사가 없으니 별다른 감흥이 없다. 거기에도 세월이 차곡차곡 쌓여 이야기가 만들어져야 전설이 되어 사람들의 입을 통해 대대로 이어지면서 감흥을 만들어 갈 것이다. 그러나 이미 그런 과정을 거쳐 역사가 되고 전설이 된 것들은 낡고 허물어진 그 자체로 감동이었다. 지훈은 그런 사물들을 보고 전설을 들으며 자랐으므로 영양의 모든 것들은 그의 시로 스며들었다.

나는 영양이 좋아졌다. 영양을 휘돌아 흘러 낙동강으로 스며드는 반변천의 발원지인 대티골은 무속신앙이 번성한 곳이고, 그 길을 따라 내려가면 지훈이 만들었던 책처럼 꽃과 답들이 여

기저기 흩어져 있는 땅, 그러면서 지훈이라는 위대한 시인을 낳고 키운 땅, 어느 곳으로 차를 몰고 들어가도 만날 수 있는 아름다운 풍경들이 영양에 머물고 있는 내내 나를 설레게 했다. 일월산 산허리 여기저기에 아름답게 지어진 집들은 지금을 사는 사람들의 풍요로운 터전이고, 시간의 흔적 위에 새로운 시간을 쌓아가는 사람들이 살아가는 영양 땅은 앞으로 나의 좋은 여행지가 될 것 같다.

입암서원 눈향나무

박인로의 가사문학

- 영천

산중에 구름이 깊으니
간 곳 몰라 하노라

산비는 잠깐 멎어 햇볕이 쪼이는데

맑은 바람결에 물빛이 더욱 맑아

깊은 돌이 다 보이고 물고기도 세리로다

물고기도 낯이 익어 놀랄 줄 모르거든

차마 어찌 저 물고기 낚으리오

- 노계 박인로의 「노계가」 중에서

교과서로 공부했던 박인로가 가까운 영천 사람이라는 것을
알고 나는 충격을 받았다. 가사나 시조를 배울 때 자주 나오던
박인로가 내가 살던 경산 바로 옆 영천 사람이라니, 나는 이때
껏 무엇을 알고자 했던 것인지 회의가 왔다. 그런데 알고 보니
박인로만이 아니었다. 가까운 곳에 그렇게 커 보이던 문인들이
많이 살다 가고, 혹은 지금도 살고 있었다. 교과서가 역사만큼

이나 아득해 보이는 만큼 사람도 아득해 보이던 시절에 듣고 배운 사람들은 먼 곳의 사람이 아니었다.

조선 시대 가사문학의 3대 가인으로 불리는 노계 박인로는 원래는 무인이었다. 노계는 그가 우거하며 지낸 경북 경주시 산내면 대현리를 노계라고 부르기도 한 데서 연원한 것으로, 말년은 다시 그가 태어난 영천으로 돌아와 시를 지으며 보냈다. 지금 도계서원이 있는 자리는 흥선대원군의 서원 철폐령으로 훼철된 것을 후에 자리를 옮겨 지은 것으로 작은 저수지를 돌아가면 노계의 묘가 있다. 도계서원 아래로 노계의 문학을 알리는 노계문학관이 있으나 찾는 이 없어 한적하다. 도계서원 앞에 있는 저수지의 낚시꾼보다도 사람이 적은 노계문학관을 보니 "어화 아해들아 후리치고 가자스라"라는 노계의 시 한 구절이 떠오른다.

노계의 묘를 보면 빈이무원, 가난해도 세상에 대한 원망이 없음을 뜻하는 이 네 글자가 그대로 보인다. 보통 양반 가문의 묘소에 가보면 여러 기의 묘들이 소위 말하는 명당자리에 터를 잡고 장엄하게 펼쳐져 있는데, 그에 비하면 노계의 묘는 초라하다. 비좁게 자리 잡은 묘들이 우리 서민들의 묘와 다르지 않아 친근감이 든다. 한참 뒤의 후손이 세운 듯한 비석 하나가 조밀하게 누운 묘 사이에 우뚝 서서 거기가 노계의 묘임을 말해 줄 뿐 그마저도 없다면 거기가 과연 노계의 묘가 맞는지조차 의문이 들 정도이다.

1   1. 노계묘소
2 3   2. 노계가비
      3. 노계시비

노계는 소 한 마리 키우는 일도 힘들 정도로 가난하였다고 전해진다. 무관의 말단 벼슬이나마 벼슬을 하고 있었으니 마음만 먹었으면 소 한 마리 집에 들이는 일이 무어 그리 어려웠을까마는 그러지 못한 것이 시에 드러난다. 사대부로서의 지위도 보장되어 있지 않고 농민으로 살아갈 여건도 되지 않는 그의 처지는 괴로울 수밖에 없었다.

　　　　달 없는 황혼에 허위허위 달아가서…
　　　　큰 기침 에헴이를 양구良久토록 하온 후에
　　　　"어화, 그 뉘신고?" "염치없는 내옵노라"
　　　　"초경初更도 거윈데 그 어찌 와 계신고?"
　　　　"연년에 이러하기 구차한 줄 알건마는,
　　　　소 없는 궁가窮家에 헤아림 많아 왔삽노라"…
　　　　한 멍덕 숙여 쓰고 축 없는 짚신에 설피설피 물러오니
　　　　풍채 적은 형용에 개 짖을 뿐이로다
　　　　와실蝸室에 들어간들 잠이 와서 누었으랴
　　　　북창을 비껴 앉아 새벽을 기다리니
　　　　무정한 대승戴勝은 이내 한을 돋우도다
　　　　종조終朝 추창하며 먼 들을 바라보니
　　　　즐기는 농가農歌도 흥 없이 들리나다

　　　　　　　　　　　　　　　　　　- 「누항사」 중에서

송강 정철의 아름다운 언어를 버리고 현실적인 일상의 언어를 이용해서 자신의 생활을 이렇게 노래한 가사로 그는 자신의 생활을 핍진하게 드러내면서 사대부가사의 한계를 벗어났다. 산림처사로 은일가사를 지으며 지체를 유지할 수도 있었지만 그는 사대부나 농민으로부터 소외된 자신의 처지를 이렇게 현실감 있게 그리는 것으로 새로운 가사문학의 길을 열었다고 볼 수 있다.

「밭갈이 노래」에 "내 평생 원하던 건 낚시질과 밭갈이/ 낚시질은 하였어도 밭은 여태 못 갈았네/ 늦게나마 다행히도 소 한 필 생겼으니/ 봄비 오면 달을 이고 밭을 갈아엎으리라"고 할 정도로 소 한 마리가 생기니 좋아한다. 그리하여 봄비가 오면 밤늦게까지 달을 이고 밭을 갈겠다는 글에서 소가 생겨서 좋아하는 그의 설레는 마음을 엿볼 수 있다.

나의 아버지는 맏아들이 아니라는 이유로 재산을 거의 물려받지를 못했다고 들었다. 거처할 집 한 칸 마련해 주는 것으로 살림을 내었으니 농사를 지을 소가 있을 리 만무했다. 아버지는 한문에 능통해서 그 골짝 사람들이 글씨 받을 일이 있으면 우리 집으로 왔지만 반대로 살림살이를 빌려야 할 때는 우리가 이웃으로 가야 했다. 아버지는 요즘 풍속대로 하자면 타고난 문과생이었다. 책 읽고 글 쓰는 건 잘했지만 몸을 써야 하는 농사일은 영 힘겨워하셨다. 그러니 재산이 불어날 리도 없고, 당연히 없던 소가 생길 리도 없었다. 그런데 아버지가 살던 마을과는 먼 마을에서 소 도지를 주겠다고 했나 보다. 소 도지라는 건 새끼 암소를 키워서 그 소가 새끼를 낳으면 송아지는 키운 사람한테 주고 어미 소는 주인한테 주는 일종의 노동계약을 말한다. 소가 많은 집에서 모두 키울 능력이 없을 때 하던 방법이었는데 농사를 지으려면 일소가 꼭 필요했으므로 소가 없는 집에서는 소를 마련할 수 있는 좋은 기회가 되기도 했다. 그렇게 간신히 소를 마련해서 그 소가 또 새끼를 치면서 집의 아이들이 자라고 그 소를 팔아서 공부를 시키니 대학이 우골탑이라는 말도 생겼다. 그래서 나는 이 시를 읽으며 우리 아버지도 처음 소가 생겼을 때 저렇게 달을 이고 밭을 갈 생각을 했을까를 생각하니 마음이 아팠다. 얼마나 설레고 좋았을지 시를 보니 나는 알겠다.

그러면서 정하원이 지은 「노계의 학덕에 관하여」에서 "대붕 새 날다가 나래 못다 폈구나/ 용이 엎드렸기로 표적 어이 없을 건가"라는 시가 생각난다. 노계의 묘를 보면 대붕 새가 날다가 나래를 다 펴지 못하고 그 산자락에 누운 셈이다.

그러나 노계는 가사 문학에서만은 나래를 못다 편 형국이 아니었다. 그는 가사 문학의 3대 시성으로 불릴 만큼 국문학사에서 시조보다는 가사에서 더 높은 평가를 받고 있다. 사람들은 노계라면 흔히 「조홍시」를 떠올리지만 나는 그가 벼슬을 그만두고 일흔여섯의 나이로 다시 찾아든 노계 땅의 정취를 읊은 「노계가」가 훨씬 좋다. 특히나 이 맑은 봄 햇살 아래 도계서원

앞의 작은 저수지에서 낚시하는 강태공들을 보면 「노계가」가
절로 읊어진다.

이름 없는 나의 절의 그 누가 알랴마는
우연히 때를 얻어 이 명승의 임자 되어
청산유수 명월청풍 말없이 절로절로
해오리 떼 사슴 무리 값없이 절로절로
묵은 밭과 낚시터도 그 또한 절로절로
산중의 모든 것이 내 물건 되었으니
나 또한 옛날의 숨은 선비 그 아닌가

날짐승 길짐승이 모두 가축 되었고
달 아래 고기 낚고 구름 속에 밭을 갈아
먹고서 못 남아도 굶는 때는 없노라
많고 많은 산과 밭은 자손들게 나눠 줘도
명월청풍은 나누기 어렵거니

말로만 안빈낙도를 말하는 사람이 아니라 그의 흔적을 더듬
어 가다 보면 절로절로 안빈낙도가 느껴진다.
노계를 찾아가는 길은 경북의 가사문학을 찾아가는 길이었
다. 나는 경북에 가사문학이 이렇게 즐비하게 널려 있는 줄을
몰랐다. 가사문학이라면 전라도나 강원도를 생각했는데 뜻밖에

도 경상북도에도 가사문학이 넘쳐나고 있었다.

"주인공 주인공아/ 세사탐착 그만하고/ 참괴심을 이와다서/ 한층염불 어떠하뇨"로 시작되는 「승원가」는 가사 문학의 효시로 알려져 있는데, 이 작품의 창작자로 알려진 나옹혜근은 경북 영덕의 장육사를 창건하고 이 절에 주석하며 여러 편의 가사를 지었다고 전해진다. 그중에서 「백납가」, 「고루가」, 「영주가」는 '나옹삼가懶翁三歌'라고 일컬어지는데 「백납가」는 누더기 같은 승복을 통해 세상일에는 관심이 없다는 것을, 「고루가」는 마른 해골과 같은 사람의 몸에 집착하지 말아야 함을, 「영주가」는 보배 같은 구슬에 불성을 견준 가사이다.

그런데 노계가 「입암」이라는 가사를 지었던 입암서원이 있는 곳에서 가사천을 따라 나 있는 69번 국도를 따라 올라가면 영덕의 장육사가 나온다. 동해안을 따라 계속 올라가면 울진에는 정철이 관동8경의 하나인 망양정과 월송정에 대해 읊은 유명한 가사가 있다.

이렇게 경북의 가사문학길은 가사문학의 효시작인 나옹선사의 가사가 쓰여진 영덕의 장육사에서 정철의 「관동별곡」의 배경이 된 울진, 조선조 가사문학의 시성이라 불리는 영천의 노계 박인로까지 닿는다. 가히 가사문학의 보고라 할 만하다.

그래서 나는 나 혼자서 이름 지은 '가사문학의 길'을 따라 도계서원을 둘러보고는 영천댐 상류를 거쳐 입암서원으로 향했다. 영덕에 이미 '가사문학의 길'이 있다지만 그것은 진정한 가

입암서원

사문학의 길이 아니었다. 적어도 경북에서 가사문학의 길이 되려면 영천에서 울진까지, 영천댐 상류의 가사천을 따라가는 그 수려한 길이어야 한다. 더 나아간다면 정철의 「관동별곡」을 따라 동해안을 따라가는 것도 좋을 것이다.

입암은 노계가 입암 28경을 보고 지은 가사 28수와 「입암」이라는 가사까지 포함하여 무려 입암에 대한 가사 29수가 지어진 곳이다. 물론 지금 전해지는 것이 전부는 아니겠지만 과연 입암은 그가 머물며 노래하고 학문을 할 만한 곳이었다. 입암 28경 중의 제9경인 격진령은 시끄러운 세상과 떨어져 있다 하여 붙여진 이름이다. "격진령 하 높으니 홍진이 멀어 간다/ 가뜩이 먹은 귀 씻을수록 먹어 가니/ 산 밖의 시시비비를 듣도 보도 못하노라"고 격진령을 읊은 것도 좋고, 약을 캐는 골을 뜻하는 입암 제14경인 채약동을 읊은 시도 좋다. "솔 아래 아해들아 네 어른 어데 가뇨/ 약 캐러 가사니 하마 돌아오렷마는/ 산중에 구름이 깊으니 간 곳 몰라 하노라"

산중에 있는 깊은 마을, 비라도 내린다면 안개가 자욱이 덮을 마을을 돌아 나오니 노계가 뒤에서 빙긋이 웃으며 말을 건네는 것 같았다.

여보게들 웃지 마소 이 늙은일 웃지 마소
살림살이 구차한들 마음이야 가난하랴
나무하고 고기 낚아 살아가기 족하다네

죄스러운 부자와는 이 가난을 안 바꾸리

- 「부자산 아래 사는 정연길에게」

노계는 말 그대로 안빈낙도의 생활을 하면서도 가난에 대해 세상을 원망하지 않았다. 그 가난은 그가 스스로 구한 것이었으며, 죄스러운 부자와는 그 가난을 바꿀 마음이 없었다.

노계는 임진왜란이 일어났을 때 영천의 의병장이었던 정세아의 휘하에서 활약하였다. 무인이었던 그는 39세에 무과에 급제하여 20여 년간 군무에서 근무하고 노계로 돌아가 시를 지으며 유유자적하게 지낼 때는 이미 나이가 쉰두 살이 되어 있었다. 이 정세아에게는 정의번이라는 아들이 있었는데 그는 아버지가 경주성에서 포위당했을 때 아버지를 구출하고 순절하였다. 그러나 그의 시신을 찾을 길이 없어 아버지는 경주 싸움터에서 초혼을 해와서 아들이 쓴 시를 관에 넣어 장사를 지냈다.

정의번의 시총을 찾아가는 날은 봄 햇살이 영천댐의 물 위에 순절히 내려앉고 더불어 솔숲으로 둘러싸인 영일 정씨 선영의 낮은 무덤 위로도 햇살이 자욱했다. 계절은 봄에서 여름으로 바뀌어 가고 있었고, 산 여기저기에 아카시아 향기가 풍겼다. 처음 이 시총에 왔을 때 나는 몸에 오소소 소름이 돋아나고 알 수 없는 설렘이 무덤 주위로 가득히 퍼져 나가는 것을 느꼈다. 옷이나 생전에 쓰던 사물 등으로 무덤을 만든다는 말은 들었어도 시로써 무덤을 만들었다는 것은 처음이었다. 나도 죽어서 내 몸

입암과 일제당

노계문학관

은 화장하되 나의 시로 무덤을 만들어 줄 이 있을까.

　그 양지바른 무덤의 비문은 오래되어 활자가 깎여 나간 것이 많았지만 나는 천천히 비문의 글자 하나하나를 가슴에 넣듯이 쓰다듬어 보았다.

　시로써 무덤을 삼음은 예법에는 없는 예이다. 선유先儒께서 초혼과 장례에 대하여 논하되, 혼은 하늘로 돌아가고 백은 땅으로 돌아가느니 진실로 체백體魄이 없으면 사당에서 제사 지낼 뿐 혼기魂氣는 장례 지낼 수 없는 법이라 하였다. 그러한즉 화살로 복復을 하고 옷으로 초혼한 것으로는 모두 무덤을 삼을 수 없다. 오로지 시라는 것은 그 사람을 상징한 것이기에 가히 체백에 해당한다고 할 수 있으니 시로써 무덤을 삼음은 그 또한 예에 어긋나지 않을진저. 세상에는 반드시 뼈로 장례를 한 것은 다행이라 여기고 시로 장례한 것은 불행이라 여기지만 거친 벌판에 뼈를 묻은 것이 한둘이 아닐지언정 마침내 후멸로 돌아가는데 그 사람과 시는 끝내 오래도록 썩지 않는 것이니 이 무덤은 얼마나 위대한 것이랴!

- 박현수, 『황금책갈피』, 예옥, 2006.

아비가 자식의 비문을 새기며 흘렸을 피눈물이 비문에 흘러내렸으나 정작 시로써 무덤을 만들어야 했던 정의번은 세상에 다시 없는 행복한 사람이라 여겨졌다.

시는 무엇일까. 위의 비문처럼 "시라는 것은 그 사람을 상징하는 것이기에 가히 체백에 해당한다고 할 수" 있다는 것에서 볼 수 있듯이 시는 사람의 몸과 넋이다. 그러니 정의번은 이미 고향 영천에 돌아와 몸과 넋을 누이고 쉬고 있으리라.

노계 또한 오랜 군무에 지친 몸을 끌고 고향으로 돌아와 시를 지으며 노후를 보냈다. 그리고 세대를 넘어 그의 시는 여기저기서 불린다. 그의 몸과 넋이 고향을 떠돌며 오고 가는 사람들에게 노계라는 사람이 여기서 시를 지으며 살았노라고 말하는 것이다. 그러하니 시는 무릇 위대하다. 몸은 죽어 먼지처럼 사라지지만 시는 그의 체백이 되어 시간을 넘어 남아 있으니 나는 내가 이름한 '경북 가사문학의 길'을 천천히 오르내리며 노계의 시와 아비가 자식의 시로 만든 무덤의 비문을 생각하는 것이다.

시사단

퇴계 이황의 『매화시첩』

- 안동

객창이 소쇄하니
꿈마저 향기로워라

　열녀정려문이 걸려있는 퇴계 종택의 숫을대문을 넘어서자 수염이 허연 노인이 마루에 앉아 계셨다. 사랑채였을 것이다. 퇴계 종택의 종손이라는 노인을 뵙는 순간 우리는 모두 재잘거리던 입을 다물고 몸가짐을 살폈다. 왠지 그래야 할 것 같은 엄숙한 기운이 노인에게서 번지고 있었다. 번다한 우리의 일상이 문득 부끄러워졌다. 오래된 기억이다. 토계리의 퇴계 태실을 돌아보고 종택으로 막 들어서다가 멈칫했다. 퇴계라는 이름만 익숙할 뿐 퇴계에 대해서 예나 지금이나 알고 있는 것은 없었다. 세월이 더 흘렀으니 이름만 익숙해질 뿐이었다.

　퇴계의 조부는 퇴계의 출산이 임박해지자 건물에 태실을 지었다. 퇴계를 임신하였을 때 공자가 대문 안으로 들어오는 꿈을 꾸었다고 전해지는데 조부에게 도움을 받았던 스님이 귀한 자손이 나올 터라고 점지한 곳에 태실을 새로 지은 것이다. 그러니 집 모양이 다소 이상스럽게 보인다. 퇴계선생태실이라는 현판이 붙어 있어 아이를 낳는 엄마라면 퇴계의 기운을 받고 싶은 곳이기도 할 것이다. 태실이 있는 안채에서는 노부부의 이야기 소리가 두런두런 들렸다. 나는 그분들을 방해하고 싶지 않아 조심스럽게 사진을 찍고 나왔다. 안동 진성 이씨 온혜파 종택인 오래된 건물 안에서 들려오는 이야기 소리는 마치 외계의 소리인 양 아득했다.

퇴계는 선조에게 올린 상소문인 「성학십도」와 「천명도설」 등 학문으로 일가를 이룬 사람이지만 나에게는 매화 시인으로 기억된다. 그는 돌아가시기 몇 달 전 그동안 쓴 매화시들로 『매화시첩』을 엮었는데 나는 이 책을 보면서 퇴계의 매화를 자주 생각했다. 매화가 피는 계절이 되면 돌아가시던 날 아침 시봉하는 사람에게 분매에 물을 주라고 했다는 일화가 생각나 매화의 무엇이 퇴계를 죽음의 순간에 잡았을지 궁금했다.

벼슬에의 출사를 거듭하던 퇴계는 68세 때 선조의 부름으로 한성에 들어가서 8개월가량 머물렀는데 이때 사랑하며 보살피던 매화가 있었다. 그는 고향으로 돌아올 때 이 매화를 두고 올 수밖에 없었는데 그때의 심정이 『매화시첩』에 실린 「한성우사 분매증답」이라는 시다.

다행히 이 매선이 나와 함께 서늘하여
객창이 소쇄하여 꿈마저 향기로워라

동으로 돌아갈 제 그대와 함께 하지 못하니

서울 티끌 이 속에서 고이 간직하여 다오

- 「분매증」

듣건데 도선과 나 서늘하다 하였으니

임이 돌아간 뒤에 천향을 피우리라

원컨대 임이시여, 마주 앉아 생각할 때

청진한 옥설 그대로 함께 고이 간직해 주오

- 「분매답」

마치 매화가 사람인 양 서로 분답을 수고받은 것이다. 이미 세상의 문리를 모두 터득한 69세의 노회한 학자이자 시인이었던 퇴계는 49세가 되던 해부터 신병이나 노쇠, 재능 부족, 염치의 존중 등으로 사직을 청한다. 그 후 20여 년간 벼슬에 나감과 들어옴을 반복하면서 살았던 시기는 그에게도 고되었으리라. 그 와중에 매화의 서늘한 기운으로 출사의 고달픔을 달래었으리라 짐작한다.

50세 때 벼슬에서 물러나 이듬해 퇴계 종택 앞을 가로지르는 개울 건너편에 자그마한 계상서당을 지어 후학을 가르치던 퇴계는 종택 뒷산 너머에 도산서당을 지은 후 『도산십이곡』을 지었다. 그중에서 「절우사」란 시조를 보면 "소나무와 국화는 이 동산에서 대나무와 더불어 세 벗이 됐네/ 매화는 어이하여 이

퇴계종택

퇴계태실

셋에 못 끼는가"라고 자신의 처지를 매화에 빗대어 읊고 있다.
예나 지금이나 벼슬살이란 것이 사람들의 모함과 시기에 시달
리던 자리라 퇴계는 일찍부터 귀향을 서두르고 있었다. 퇴계가
남명 조식에게 쓴 편지를 보면 집이 가난하고 어버이가 늙고 친
구들이 강권하여 과거로 녹을 취하는 길을 걷게 되었다고 토로
한다. 그러나 그렇게 이름이 오르내리게 되고 세상에 빠져들어
가면서 분주히 지내다 보니 학문을 잊게 되고 병 또한 깊어져서
돌아보니 세상에 태어나 한 일이 아무것도 없다는 생각에 글을
읽기 시작했다는 것이다. 그러나 임금은 자꾸만 자신의 빈 이름
을 불러들이니 어찌 공부에 성공이 있겠는가 한탄한다. 사람들
은 퇴계의 벼슬에의 출사를 두고 이런저런 말들을 하지만 퇴계
는 성학의 길을 추구했다.

퇴계라는 호는 퇴계가 물러나기를 원한 후 온혜리 남쪽에 집을 짓고 자호를 퇴계라고 한 것에서 비롯되었다. 온혜리를 흐르는 작은 개울을 마을 사람들은 톳계라고 불렀는데 퇴계는 이 '토兔'를 '퇴退'로 고쳐서 퇴계라 부르고 자신의 호로 삼았다. '퇴'는 물러서거나 흐름을 거스른다는 뜻인데 그는 변하는 기가 변하지 않는 이를 가릴 수는 있어도 넘어뜨릴 수는 없다고 본 것과 상통한다. 도산서원 앞의 탁영담에 있는 바위를 읊은 시 「반타석」에는 그의 이런 생각이 잘 드러나 있다. 탁영담은 도산구곡 중 오곡인데 "누렇고 탁한 물이 도도하면 문득 모습을 감추고/ 고요한 흐름이 잔잔해야 비로소 분명해진다/ 가련하구나 이렇게나 거친 물결 속에서/ 천고의 반타석 굴러서 기울어지지 않는구나"

어찌 보면 학문을 사랑하는 퇴계에게 세간의 번잡한 벼슬살이는 취미에 맞지 않았는지도 모른다. 그는 계상서당에서 5년을 거처하다가 자리가 비좁아 도산서당을 짓는다. 도산서당을 지으면서 쓴 「도산기」에 보면

이따금 얻는 것이 있으면 다시 반기어 흐뭇함에 음식도 잊어버린다. 혹 틀리는 것이 있으면 벗을 찾아 물어보고, 그래도 알지 못하면 분발하여 속으로 생각해 본다. 그러나 억지로 통하려 하지 않고 우선 한쪽에 밀쳐두었다가 가끔 다시 끄집어내어 허심탄회하게 생각하며 저절로 깨달아지기를 기다린다.

1		1. 도산서원
		2. 도산서원 매화
2	3	3. 도산서원 몽천
	4	4. 도산서원 중수기

오늘도 이러하고 내일도 이러하다. 산새가 즐겨 울고 초목이 우거지고 바람 서리 차가워지고 눈과 달이 싸늘하게 빛을 내니, 사시四時의 경치 서로 다르고 흥취 또한 끝이 없다. 너무 춥거나 너무 덥거나 바람이 너무 불거나 비가 너무 오는 경우가 아니면 어느 때 어느 날 나가지 아니함이 없다. 나가면 이러하고 돌아오면 또 이러하다. 이것이 한가롭게 병을 조섭하는 하염없는 일이다. 비록 옛사람의 대문 안을 들여다보지는 못하지만 스스로 마음속에 즐거움을 느낌이 얕지 않도다.

주차장에 차를 세우고 낙동강을 따라가는 숲이 무성한 오솔길을 걸어 도산서원에 닿으니 주위는 적막했다. 평일이어서 사람들의 발길이 닿지 않아 호젓함보다는 적요로움이 도산서원을 에워싸고 있었다. 퇴계는 벼슬에서 물러나 이곳에 서당을 짓고 비로소 행복했을 것이라고 생각한다. 그는 날마다 서원 주변을 거닐면서 「도산십이곡」을 지었다.

청산은 어찌하여 만고에 푸르르며
유수는 어찌하여 주야에 긋지 아니난고
우리도 그치지 마라 만고상청하리라

-「만고상청」

도산서원에 닿으면 오래된 매화가 한 그루 늙어가고 있어 퇴계의 애틋했던 매화 사랑이 생각난다. 도산서원 주변에는 100여 그루의 매화가 늦은 봄이면 꽃을 피우는데 오래된 것은 70년 정도가 넘은 것들도 있다. 이 매화들은 도산매라고 하는데 퇴계 당시에 심은 매화의 후손 매가 대를 이어 자라면서 꽃을 피우고 있는 것이다. 서원 안의 늙은 매화는 둥치만 남아 흔적이 깊은데 이미 후손매들이 왕성하게 자라 있으니 늙음이 서러운 것만은 아님을 알겠다.

매화를 사랑하는 이를 보면 매화가 단지 하나의 꽃이 아니라 추운 겨울을 견뎌내고 봄을 기다리는 설렘이 된다는 것을 느낄 수 있다. 꽃은 화려하지 않아 시속의 시류를 쫓지 않지만 그럼에도 계절이 닿으면 저절로 꽃을 피워낸다. 매화시는 400여 수가 넘는 것으로 알려져 있는데 현재 『매화시첩』에는 100여 편의 시가 담겨 있다.

서원으로 바로 들어가지 않고 입구에서 이리저리 가지를 뻗은 오래된 나무 아래 앉아 건너편의 시사단을 한참 바라보았다. 낙동강 너머 시사단은 아득했다. 퇴계가 죽은 후 정조가 퇴계의 유덕을 기리기 위하여 낙동강 건너편의 송림에서 과거를 보게 하였는데 그것을 기념하여 작은 비석 하나를 세웠다. 아마도 퇴계는 그 나무 아래서 건너편 송림을 바라보며 세속의 시끄러운 일들을 잊고 싶어 했을 것이다.

유학자들은 삶도 중요하지만 죽음도 매우 엄숙하게 생각하여 죽음의 장소나 죽음을 대하는 태도 등을 매우 중요하게 생각했다. 퇴계의 자료를 뒤적이다가 나는 그의 많은 시와 학문보다 종명에 감동했다. 죽음은 짧은 순간이지만 죽음을 대하는 태도는 그의 삶 전체를 말하는 것과 같다. 퇴계는 70세 12월이 되자 죽음이 가까워진 것을 알고 먼저 남에게 빌려온 책을 모두 돌려줄 것과 책을 잃어버리지 말 것을 당부하였다. 그리고 몸이 불편함에도 불구하고 죽음과 삶이 갈리는 이때 마지막으로 만나야 한다며 후학들을 모두 만나보았다. 그러다가 마지막 날 아침에는 종에게 분매에 물을 주라고 하였다. 자신은 죽어도 매화는 또 꽃을 피울 것을 알기 때문이다.

그가 쓴 유서를 살펴보면 그의 인간됨이 드러나는데 그는 첫째, 나라에서 하사하는 장례용품은 사양하라고 하였다. 또 비석을 쓰지 말고 작은 돌에다 간단하게 비명을 쓰라고 하였는데 그는 이미 자신의 비문을 적어 두고 있었다. 유서에 따르면

이것을 만약 다른 사람더러 쓰라고 하면 기고봉 같은 나를 아는 사람일지라도 반드시 사실을 지나치게 과장하여 세상의 웃음거리가 될 터이기에, 내 손으로 나의 뜻한 바를 자술하려고 하여 먼저 명문銘文을 만들어 두었는데 그 나머지는 차일피일 끌면서 아직 끝내지 못하고 있다. 초고가 여러 잡고 속에 들어 있을 터이니 찾아서 그 명문을 그대로 쓰는 게 좋다. 또 구경하는 사람들이 사방으로 둘러설 터인데 나의 행상은 다른 사람의 경우와는 다를 것이다. 그러므로 모든 일을 반드시 예를 아는 유식한 사람에게 물어서 해야 오늘날의

예속에도 합당하고 옛 법도에도 어그러지지 아니할 수 있을 것이다

라고 하였다.

흔히 선인이 돌아가시면 후인이 선인의 행적을 과장하여 비문을 쓰니 지금 남아 있는 비문들을 후인들은 사실 그대로 믿지 않는 형편인 것을 보면 퇴계의 이 말은 뼈가 시릴 정도이다. 과장된 비문이 세상의 웃음거리가 될 것을 미리 염려하여 자신의 비문을 썼다 하니 그 비문이 어찌 과장되어 세상의 웃음거리가 되겠는가.

요즘 옛사람의 비문을 보면 과장됨이 과하여 웃음거리가 되는 일이 많은데 당시에도 그런 것을 경계한 사람은 더러 있었던 모양이다. 안동 길안면에 '만휴정'이라는 정자를 짓고 뒤늦게 휴식을 즐기던 김계행도 장례는 소박하게 치르고 미사여구로 과장되게 묘비를 짓지 못하도록 했다. 마음이 깊고 세간의 평에 무감했던 사람들은 별스럽게 벼슬에 나가려는 욕망도 없었지만 사후에도 과장된 이름으로 웃음거리가 되는 것을 경계했던 것이다.

퇴계의 유서를 읽다 보니 말년에 거동이 불편하여 집 안에 칩거하며 오직 글씨만 쓰고 계시던 아버지가 떠올랐다. 이미 먹을 갈 힘도, 밖에 나갈 기력도 없는지라 아버지는 어머니가 사다 주는 화선지와 먹으로 종일 글씨만 쓰고 계셨다. 방 안에 앉아 고서를 필사하고 계시던 아버지가 돌아가시고 나자 마치 아

도산서당

버지의 뼈처럼 글자가 빼곡한 하얀 화선지가 방 안에 가득 쌓여 있었다. 나는 그 종이를 보고 비로소 울음이 터졌다. 죽음은 이미 아버지를 거쳐 갔지만 새롭게 아버지의 죽음이 사무쳐 왔던 것이다. 그렇게 죽음으로 인하여 삶이 다시 돌아 보인다.

안동에서 퇴계의 흔적을 찾아 이리저리 다니다 보니 퇴계의 결곡한 성격이 늙은 뼈처럼 단단하게 결을 드러내었다. 세상의 인심이 이미 사람의 온기를 잃은지라 사람들은 자연에 의지하고자 하지만 사람살이가 어찌 사람의 곁을 떠나 온전하겠는가.

한 치의 흐트러짐도 없이 눈빛 형형하던 퇴계종택 종손의 몸가짐이나 세월과 함께 오래 묵어가며 나이를 더하는 고택들은 죽음의 순간에도 세상의 웃음거리가 됨을 염려하여 직접 비문을 쓰던 퇴계를 닮아 있었다.

경상좌도에는 퇴계요, 우도에는 남명이라고 하던 시대가 있었다. '안으로 마음을 밝게 하는 것은 경이요(義內明者敬), 밖으로 시비를 결단하는 것은 의(外斷者義)'라는 검명을 새긴 칼을 항상 턱 앞에 받쳐두고 한순간의 방심도 허락하지 않았던 남명에 비하면 퇴계는 많이 부드러워 보인다. 칼과 함께 한 치의 흐트러짐도 용납하지 않겠다며 차고 다녔다는 '성성자'라는 방울이 남명을 상징한다면 퇴계는 매화를 떠올릴 만큼 온유한 사람으로 보인다. 그러나 퇴계는 마음속에 칼과 방울을 달고 살았다. 퇴계의 부드러움은 내면으로 자신을 단련하는 강한 쇠와 같았다.

남명의 그 유명한 「단성현감사직상소」를 두고 당대의 많은 지식인들이 남명을 지지했지만 퇴계는 "무릇 상소는 직언하는 것을 회피하지 않아야 하나, 뜻은 곧으면서 말은 부드럽게 하여야 한다. 그래야 아래로 신하의 예를 잃지 않고 위로 임금의 뜻을 거스르지 않을 수 있으니, 남명의 상소는 금세에 참으로 얻기 어려운 금언이나 말이 지나치니 필시 임금께서 보고 노하실 것이다."라고 했다. 퇴계와 남명은 이렇게 다르다.

퇴계는 스스로를 경계하고 또 경계하여 때가 되면 벼슬에서 물러나고자 했지만 임금의 부름이 워낙 집요하여 쉽게 뜻을 이루지는 못했다. 그러나 그는 한평생 권력에 무릎을 꿇지 않았으며 높은 자리를 탐하지도 않았다. 그는 실제로 정3품 이상의 벼슬은 받아들이지 않았다. 그가 썼던 『무오사직소』에 보면 임금이 부르면 수레를 기다릴 틈도 없이 바삐 달려가는 것이 임금 섬기는 도리이긴 하지만, 그렇게 한 자리를 차지하여 뭇 사람이 비난하고 의심하는 속에서도 물러갈 뜻을 변치 않는 것은 나아감이 오히려 임금 섬기는 의리에 어긋날까 두려워서라고 밝힌다. 의리를 몰라 자신의 어리석음을 속이고 벼슬살이를 도적질하는 것과, 병든 몸으로 일도 못하면서 녹만 타 먹는 일 또한 마땅한 일이 아니다. 빈 이름으로 세상 사람을 속이는 일과 나가서는 안 될 것을 알면서 나가는 것도 마땅한 일이 아니라고 퇴계는 쓰고 있다. 어리석음에도 불구하고 자신의 능력을 생각하지 않고 자리만을 탐하는 사람들이 돌아볼 말이다.

그러나 그는 외척정치로 비롯된 을사사화와 정미사화의 불만을 직접적으로 왕에게 말할 수 없었고, 학문에 대한 연구에 재미를 붙여 차라리 물러남을 선택했던 것으로 보인다는 견해도 있다.

다시 도산서원을 찾은 날은 매화가 지고 모란이 화사하게 피어 서원 오르는 계단을 환하게 밝히고 있었다. 퇴계를 사랑하는 후대의 사람은 자주색 모란이 환한 이 길을 밟아 퇴계에게 닿으리라. 퇴계는 서원의 어디에고 항상 거하고 있느니.

도동서원 은행나무

포은 정몽주의 「단심가」

- 영천

다만 아직 고향에
돌아가지 못할 뿐

고려삼은 중에서 두 사람의 고향인 영천에는 세 편의 시조가 전해진다. 포은의 「단심가」와 노계의 「조홍시가」, 그리고 포은 어머니의 「백로가」라는 시조이다. 영천은 한적한 도시 느낌이었다. 경산이 산업도시로 발전할 때도 영천은 늘 제외되어 있어 기껏 풍광 좋은 영천댐으로 드라이브 갈 때나 기억에 떠올려졌다. 그런데 막상 '문학의 길'을 떠나 보니 영천은 한적하면서도 속에 많은 것을 품고 있었다. 외유내강형의 도시라고나 할까.

영천은 뭐니 뭐니 해도 포은 정몽주를 빼놓고는 말할 수 없다. 충절의 문학이라면 두말할 것도 없이 포은의 「단심가」를 든다. 포은이 시대를 읽지 못하여 목숨을 내놓았던 것은 아니다. 그가 이미 고려의 운명을 읽고 한탄한 글이 그의 문집인 『포은집』에 나온다. "돌아보면 망망한 구주에 승냥이와 늑대가 당도하여 용이 들에서 싸우는 형국인데 내 말이 우리나라에 매여 있으니 섭섭하여라. 어느 때나 잔치하면서 놀까. 예로서 나아가고 의로서 물러나니 신홀을 꽂고 화잠을 이었네." 중국에서는 당나라와 원나라가 세력다툼을 하고 있고, 고려에서는 국운이 기울었으니 그는 이미 물러날 생각을 하고 있었다.

이성계는 자신이 애매한 참소를 당하면 포은이 죽기로써 변명해 주지만 만일 그것이 나라에 관계 있는 일이라면 그 마음을 알 수 없다고 이방원에게 말한다. 개인의 사사로운 일은 의리로써 감싸 주지만 나랏일에까지 자신을 감싸 줄지는 모른다는 것이다. 이 말을 듣고 이방원은 포은의 마음을 떠보려고 잔치를 열었다. 술잔을 권하며 "이런들 어떠하며 저런들 어떠하리/ 만수산 드렁칡이 얽어진들 어떠하리/ 우리도 이같이 얽어져 백 년까지 누리리라" 하였더니 포은은 이방원의 속내를 간파하고 이어 시조를 지어 불렀다.

이 몸이 죽고 죽어 일백 번 고쳐 죽어
백골이 진토되어 넋이라도 있고 없고
님 향한 일편단심이야 가실 줄이 있으랴

그날 포은의 어머니는 시속이 어지러움을 알고 아들의 안위가 염려되어 이방원이 여는 잔치에 초대되어 가는 아들에게 시를 하나 지어 보내며 만류했다.

임고서원

까마귀 싸우는 골에 백로야 가지 마라

성난 까마귀 흰빛을 새오나니

청강에 고이 씻은 몸을 더럽힐까 하노라

　마치 어린 자식을 갯가에 내놓은 어미의 마음이 그대로 느껴지는 시조이다. 그러나 이미 포은은 고려의 멸망을 알고 목숨까지 버릴 생각을 하고 있었으니 이런 어미의 마음만 안타까울 뿐이다. 마치 이성계가 포은은 개인적인 일로는 자신을 변호하겠지만 나랏일이라면 그러지 않을지도 모른다고 말한 것처럼 포은의 성격은 휘어지는 것이 아니라 부러지는 것이었다.

　포은 정몽주를 배향하는 영천의 임고서원은 포은의 위패를 봉안하고 있는데 흥선대원군의 서원철폐령에 따라 철거되었다가 다시 복원되었다. 원래는 아담하고 아름다운 서원 앞에 아름드리 은행나무가 유명한 서원이었는데 최근에 크게 새로 지으면서 서원 앞에 선죽교까지 재현해 놓았다. 여기저기 지어진 건축물들이 뒤의 산과 잘 어울리고 마당의 오래된 은행나무가 연륜을 더해주고 있어 아름다운 풍경을 자아내고 있다. 권력을 따라 이리 모이고 저리 흩어지는 사람들은 예나 지금이나 같겠지만 임고서원에 닿고 보면 잠시라도 그런 마음이 부끄러워진다. 시류에 따라 사는 것이 사람이 사는 것이라는 것은 한낱 변명임을 깨닫는다. 그래도 역사가 진일보하는 것은 권력에 따라 해바라기 하는 사람들 때문이 아니라 이렇게 목숨까지 내어놓고 지키고자 하는 가치를 지켜가는 사람들 때문임은 누구도 부인할 수 없을 것이다.

나는 이성계에게는 이성계의 길이 있었고, 포은에게는 포은의 길이 있었다고 생각한다. 기울어가는 고려를 보고만 있지 못하여 조선을 개국한 이성계도 나름의 가치를 추구했을 것이고, 그런 이성계와 함께하지 못한 포은도 나름의 가치를 추구했을 것이다. 그 둘이 서로 충돌하면서 결국은 힘이 약한 포은이 죽임을 당했을 것이라고 본다.

영천은 영일 정씨들이 여기저기 많이 흩어져 살고 있고 역사적인 인물들도 많다. 영천댐을 돌아가는 나지막한 언덕받이에 영일 정씨 묘소가 있는데 그곳에 의병을 일으켰던 정세아와 시를 넣어 만든 무덤인 시총으로 유명한 정의번의 무덤도 있다. 영천댐이 들어서면서 많은 것들이 소실되었겠고 마을도 변했으니 다니다 보면 세월의 무상함이 느껴진다. 세월에는 장사 없다는 말처럼 많은 것들이 물속에, 흙 속에 묻히면서 먼지가 되어간다.

지나가 버린 역사를 모두 기억하고 재현할 필요는 없다. 그러나 기억해야 할 역사는 기억해야 한다. 길을 나니다 보면 역

임고서원 내 선죽교

사란 것이 묻는다고 묻혀지는 것이 아님을 알게 된다. 삼천오백
여 명으로 추산되는 양민학살이 일어난 경산의 코발트 광산이
그랬고, 제주 4·3 학살이 그랬다. 그런 역사는 살아있는 사람들
의 가슴에 포한져 있는 것이어서 말에서 말로 이어지며 더 생생
하게 기억된다. 포은의 역사 역시 마찬가지이다. 개처럼 서로를
물어뜯으며 권력의 주변에서 기생하는 사람들이 나라를 지배하
는 세상에서 포은의 죽음은 더 빛을 발한다. 우리가 역사를 기
억해야 하는 이유이다. 사람은 가고 그들을 추모하고 기억하는
공간만 남지만 그들의 혼이 사라진 것은 아니다.

　임고서원을 돌아보면서 정작 포은보다는 서로 물어뜯고 죽
이는 지금 이 시대의 정치를 생각했다. 물러날 때를 알고 그때
가 되면 물러나 은거하는 것이 선비의 도리였다. 그러나 지금은

1 1. 정몽주 생가
2 3 2. 단심가 시비
3. 생가터 표지석

물러날 때는 아예 없고 나아갈 길만 찾으니 혼탁한 세상을 서원 앞의 은행나무는 모두 보고 있을까.

포은은 과거시험 대책문에서 문과 무를 함께 쓰는 것이 왕의 도리라 하였다. 문은 융성한 것을 유지하고 완성된 것을 지킬 수 있게 해주는 것이고, 무는 어지러움을 바로잡아 바름으로 되돌아갈 수 있게 해주기 때문이다. 포은의 이러한 생각은 그가 비록 문인이라 하더라도 명나라와 일본에 목숨을 걸고 사신으로 다녀오고, 전쟁터에도 나간 것을 보면 알 수 있다. 그는 실천하는 성리학자였던 것이다.

포은의 생가는 임고서원에서 멀지 않은 울목마을이라 불리는 우항리로 포은의 외가 마을이다. 예전에는 아이를 낳을 때 친정을 찾는 풍습이 있어 대부분의 유명한 사람들의 생가가 외가 마을에 있다. 더러는 집안의 기를 뺏기지 않으려고 딸이 친정에 와서 아이 낳는 것을 말리는 경우도 있었다. 서애 유성룡이 그런 경우이다. 서애의 어머니는 의성 사촌 마을의 안동 김씨 집안 출신인데 아이를 낳으러 친정에 와 있었다. 그런데 서애의 외할아버지가 외손에게 집안의 정기를 뺏긴다고 본가로 돌아가 출산을 하라고 되돌려 보냈는데 결국 본가까지 가지 못하고 가까운 숲에서 서애를 낳게 되었다. 이 숲은 안동 김씨 입향조가 사촌으로 이사 오면서 마을의 서쪽으로부터 불어오는 바람을 막기 위해 조성한 방풍림으로 마을 사람들은 이 숲을 서림이라고 부른다. 수령 300~600여 년 정도 되는 나무들이 500

여 그루 정도 울창하게 우거져 있어 여름이면 시원한 그늘이 되어 주는 곳이다.

그런데 유명인들의 출생에 얽힌 이야기를 듣다 보니 외손들이 특출난 것은 풍수에서 말하는 집안의 정기보다는 그 사람들의 어머니, 그러니까 시집간 딸들의 유전인자 탓은 아닐까 하는 생각이 들었다. 옛날에는 여자들이 학문을 할 처지가 못 되는지라 아무리 그녀들이 똑똑하다고 해도 뚜렷한 족적을 남기지 못했을 것이니 영특한 자손을 봄으로써 그 어머니가 드러난 것은 아닐까 하는 생각이 든 것이다. 그러니 아무리 숲에서 아이를 낳는다 해도 그 아이가 자라 천하의 서애 선생이 되는 것이다. 그에 더하여 서애 어머니의 시아버지 묘소에 얽힌 이야기를 듣다 보면 서애 어머니 또한 대단한 여장부였다는 생각이 든다. 하긴 포은이 이방원의 초대를 받아 죽음의 길로 떠날 때 그것을 미리 예견하고 저런 시를 쓸 정도라면 당시로서는 대단히 명석하고 지혜로운 여인이었던 것으로 보인다.

포은 또한 외가에서 태어난 덕분에 포은의 외가 마을인 울목마을에는 포은의 생가가 잘 조성되어 있다. 포은의 외가는 영천이씨인데 영천 이씨 마을에 정씨 유적이 우뚝하니 아들 중심적인 사회를 살아가던 예전에는 꽤나 마음이 편치 않았겠다 싶었다. 그러나 외손 또한 집안의 자손이니 따져 무엇하리. 이것이 현대를 살아가는 우리의 마음이다.

울목마을에는 영천 군수가 내린 '효자리'라는 비가 있다. 부모 모두 3년 상을 치른 포은의 효성을 기려 군수가 이 마을을 효자리라고 칭한 것이다. 지금도 마을 길 이름이 효자로라고 되어 있는 것은 그 까닭이다.

포은은 뛰어난 정치인이자 시인이었다. 명나라와의 관계가 불편해져서 모두가 기피할 때도 임금의 일이라면 물불을 가릴 수 없다고 나섰다. 함주에 종사관으로 참전할 때 아우의 편지를 받고 쓴 시를 보면

> 부귀공명이 너의 일이 아닐진대
> 객지 생활 해마다 무슨 기약 있는가
> 내년에는 어디서 밝은 달을 볼는지
> 남창에 홀로 앉아 스스로 시를 읊네

라고 하여 객지 생활의 애환이 시에 그대로 드러나 있다. 문무를 겸비했던 그는 과도하게만 빠져들지만 않으면 풍류를 즐겼다.

> 나그넷길 봄바람에 흥취가 마구 일어
> 좋은 곳 만나서 술잔을 기울이네
> 돌아갈 때 돈 다 쓴 것 부끄러워 마라
> 새로 지은 시 비단 주머니에 가득하니

문인으로서의 정취가 그대로 살아나는 시다. 비록 주머니에 든 돈은 다 써버렸지만 그 대신 새로 지은 시가 주머니에 가득하니 부끄러워할 필요가 없다는 것이다. 뛰어난 성리학자이면서 시인인 포은의 호방한 기질이 이 시에서도 드러난다.

포은의 자취는 너무나 많아 일일이 다니기 힘들 정도이다. 이 생가에 있는 유허비 외에 또 하나의 유허비가 포은이 자란 포항시 오천읍에 있다. 영천은 태어난 곳으로 외가이고, 정작 포은이 자란 곳은 포항 오천에 있는 셈이다. 오천읍의 유생들이 포은의 학덕을 기리기 위해 여기에 오천서원과 유허비를 세웠으나 현재 오천서원은 다른 곳으로 옮기고 유허비만 남아 있다. 주택들 가운데 작은 유허비 하나만 있으니 오히려 초라해 보이기도 하는데 이렇게나마 살았던 터를 기리고 있어 다행이다. 포은은 오천읍 문충리에서 어린 시절을 보냈다. 거기서 가까운 구정리에서 1634년에 지방 유생들이 건립한 유허비가 발견되었는데 현재 그 유허비는 원리의 오천서원 내의 유허비각으로 옮겨졌다.

포은은 이곳 오천에서 어린 시절을 보내다 청년이 되자 다시 외가 동네인 영천으로 옮겼다가 과거에 급제하면서 서울로 올라갔다. 그에게는 고향이 둘인 것이다. 명나라에 사신으로 갔던 포은은 고향에 대한 그리움으로 시를 지었는데 여기에도 보면 영천과 오천, 고향에 대한 그리움이 엿보인다.

오늘 밤 저성역에 머무르니

어찌 이리 고향 생각이 드는가

멀리 떠나오니 봄은 끝난 뒤고

홀로 누웠노라니 비가 처음 오는데

영천 들녘은 벼농사에 적당하고

오천 냇가에는 먹을만한 고기가 있는데

내가 이 두 가지를 겸할 수 있지만

다만 아직 고향에 돌아가지 못할 뿐

- 「저성역야우諸城驛夜雨」

언젠가는 고향에 돌아갈 마음으로 이 시를 썼던 포은은 결국 영천과 오천 어디에도 돌아오지 못하고 개성에서 생을 다했다. 그러나 포은이 언제까지고 고향을 잊지 않았듯이 고향도 포은을 잊지 않고 기억한다. 그가 남긴 숱한 시들과 그의 정신과 함께.

선산죽장동 오층석탑

야은 길재의 「회고가」

- 구미

어즈버 태평연월이
꿈이런가 하노라

뽕나무밭이 푸른 바다로 변한다는 상전벽해란 말이 있듯이 세월은 모든 것을 바꾸어 놓는다. 한때 집터였던 것이 산이나 밭으로, 때로는 무덤으로 변하고 한때 산이나 무덤이었던 것들이 집터로 변한다.

그러나 아무리 뽕나무밭이 푸른 바다로 변한다 하더라도 바다를 뒤져보면 뽕나무 뿌리가 나올 것이요, 산으로 변한 집터라 하더라도 깨어진 기와 조각 하나는 나올 것이다. 산천을 다니다 보면 발에 차이는 기와나 토기들이 모두 한때의 사람살이를 보여 주는 것이어서 마음이 애달프다.

> 시내 가까운 초가집에 한가로이 홀로 살아
>
> 달 밝고 바람 맑아 흥취가 있네
>
> 객은 오지 않고 산새만 지저귈 때

대숲으로 평상 옮겨 누워 책을 보노라

- 「술지述志」

야은 길재의 생가터라고 알려진 곳의 큰 바위에 새겨진 시인
데 그가 16세 때 지은 시라 전해진다. 구미시 고아읍 봉한리의
접성산 중턱쯤에 있는 생가터에는 그의 유허비가 밭 가운데 서
있고 마침 아카시아꽃이 한창 필 때라 양봉하는 이가 벌통을 놓
고 꿀을 기다리고 있었다. 가버린 사람의 흔적은 어디에도 없다.

생가터를 둘러보고 내려오는 길에 길옆의 산소를 돌보던 아
저씨 한 분이 뭘 많이 봤냐고 말을 걸어왔다. 흔적을 찾아다니
는 일은 보는 것보다 느끼고 상상하는 일이 더 많다. 그러나 완
전한 허구의 상상만은 아니어서 어떤 공간에서는 가슴이 설레
고 어떤 공간에서는 마치 내가 찾던 이와 함께 있는 듯이 느껴
질 때가 있다. 마침 잘되었다 싶어서 이런저런 이야기를 나누다
보니 야은이 어릴 때 낚시를 했다는 작은 저수지를 가르쳐 주신
다. 하지만 숲이 너무 우거져 차마 들어가 볼 엄두는 내지 못하
고 멀리서 바라만 보는데 아저씨가 그러신다. 선생이 거기서 낚
시를 했다 하니 그런 줄 알지 세월이 600여 년이 지났으니 알 수
야 있나. 하긴, 그렇다 하니 그런 줄 알지 누가 확인할 수 있겠는
가. 그러나 그렇다 하니 구미시에서 저수지에 가는 길이라도 좀
내고 주변을 정비했으면 좋으련만 유허비 하나만 덩그러니 세
워두고 내버려 두니 그나마 태조 이방원의 손길을 뿌리치고 은

1		1. 생가터
2	3	2. 술지 시
		3. 곡구

거한 선비의 마음이라서 서운하지는 않을 듯싶다.

그러면서 아저씨는 두꺼운 토기와 조각과 백자 사금파리들을 보여 주었다. 밭에 일하다 보면 발에 차이는 게 그런 것들이라 그냥 주워서 모아 두었다는 것이다. 보니 비록 사금파리에 불과하고 깨어진 기와 조각에 불과하지만 한때 거기가 번성하던 터였음은 짐작이 간다. 햇살 아래 빛나는 백자의 빛깔과 토기와의 두께로 짐작하건대 이 정도면 여기에 큰 절이나 번성했던 집 하나는 있었을 것 같다는 내 말에 아저씨는 접성산 중턱을 가리키며 그 어디쯤에 큰 절의 내력이 전해 온다고 한다. 야은이 그 절에 가서 공부하다가 빈대 때문에 내려왔다고 하는 말이 지금도 마을에 전해지는데 절도 결국은 빈대 때문에 폐사가 되었을 거란다. 다녀보면 구전의 무서움이 이런 것이다. 아버지가 아들에게, 아들은 또 그 아들에게 대를 이어 내려오며 전해지는 말들이 수백 년을 간다. 말이 말뿐만이 아닌 것은 그런 빛깔 좋은 백자 사금파리와 두꺼운 토기와가 증명해 주지 않는가.

올라가는 길은 좁은 오솔길이었고, 높은 산 중턱인지라 도대체 여기에 무슨 생가터가 있나 싶었지만 막상 올라가 보니 아직 정성스럽게 쌓아 올린 돌담도 있고, 여기저기 감나무가 서 있는 것으로 미루어 사람이 살았던 흔적이 남아 있다. 경상도는 집집마다 감나무 한 그루씩은 꼭 키우는데 수풀이 우거진 산중턱쯤에서 감나무가 여기저기 보이면 거기에 마을이 있었음을 짐작할 수 있다. 지금은 여기저기 무덤이 많은 것을 보니 사람들은 낮은 산 아랫마을로 내려가고 터가 좋아 보이는 그곳은 무덤 자리로 변한 것 같다.

시간이 있으면 하나를 더 보여 주겠다는 아저씨를 따라가니 가시밭길과 숲을 헤치고 커다란 돌 하나를 보여 준다. '곡구숍口'라고 큼지막하게 쓰여 있는 돌이다. 야은이 어릴 적 썼다는 글씨로 원래 거기 있었던 것이 아니라 계곡 아래에 있던 것을 가까운 절집에 가져다 놓았는데 그것을 다시 가져와 거기에 놓았단다. 그런데 그건 거기에 있을 자리가 아니었다. 아랫마을 계곡 입구의 '방오지'라는 원래 자리에 갖다 놓아야 하는데 사람들의 쓸데없는 욕심 때문에 엉뚱한 자리에 놓여 있는 것이다. 사물은 있을 자리에 있어야 빛이 나는 법인데 그것이 산허리쯤에 놓여 있으니 글씨의 의미마저 퇴색되고, 그 돌을 보여 주는 아저씨가 도리어 나한테 그 글자의 의미를 물으니 하루빨리 제자리를 찾아야 할 야은 선생의 유적이다.

그러고 보니 선산 봉한리는 야은의 흔적이 많아 하루쯤 그 흔적을 찾아다녀도 좋겠다 싶은 동네이다. 그곳에서 멀지 않은 선산의 도리사는 야은이 어릴 적 공부를 했다고 전해지는 곳이니 시간이 나면 도리사에 올라 호쾌한 선산의 들판을 내려다보는 호사도 누릴 수 있다.

고려삼은三隱이라 불리는 포은 정몽주, 야은 길재, 목은 이색은 공교롭게도 모두 경북지역 사람들이다. 포은은 영천, 야은은 구미, 목은은 영덕이니 경북은 정절의 고장이라고 해도 부족함이 없다. 그중에서 야은은 태조 이방원과 함께 동문수학한 사이로 태조 이성계가 조선을 건국하고 이방원이 그에게 함께 일할 것을 권유하자 "충신은 두 임금을 섬기지 않는다고 했는데 신은 초야의 미천한 몸으로 고려에 몸을 바쳐 과거에 응했고 벼슬을 받았습니다. 이제 다시 새 왕조에서 벼슬을 하여 명교에 누를 끼쳐서는 안 됩니다."라는 글을 보내고는 부모의 와병을 핑계로 거절하고 구미로 내려와 버린다. 그러자 이방원은 오히려 그의 충절을 가상히 여겨 야은 집의 세금을 면제해 주었다.

그는 고려 우왕의 부고를 듣고는 3년 상을 행하였으며, 정이오가 선산에 관리로 왔을 때 그의 어려운 형편을 듣고 오동동의 밭을 주어서 부모 봉양에 쓰도록 했다. 정이오는 길재와는 다르게 조선에서 대제학까지 지낸 사람으로 "관청 일 끝내고 틈을 내서 성 서쪽에 나서니/ 승려는 드물고 절은 묵었는데 길마저 울퉁불퉁/ 재성단 가에는 봄바람이 아직도 이른데/ 붉은 살구꽃은 반나마 피고 산새 우는구나"라며 「죽장사」라는 제목의 아름다운 시를 남긴 인물이다. 죽장사는 경북 선산에 있는 신라 때 창건된 절로 원래의 절은 소실되고 현재는 새로운 절이 들어서 있다. 국보 제130호로 지정된 선산죽장동 오층석탑이 있는 절로 죽장사 시절의 주춧돌들이 탑 옆에 즐비하게 있는 인적 드문 절이다. 1894년 선산읍성을 점령한 왜군을 격퇴하기 위해 선산 갑오동학농민군의 총지휘자였던 한문출은 격렬한 전투를 하였는데 그때 그는 이 죽장사로 피신하였다고 전해진다.

절에 들어서면 굵은 나무로 단정하고 묵직하게 잘 지은 해우소가 눈에 뜨이는데 선암사 해우소까지는 아니라도 보기 드물게 잘 지은 건물이다. 당시 정이오가 절 이름을 가지고 시까지 남긴 것이나 우리나라에서 가장 높은 오층석탑을 보건대 당시에는 꽤나 규모가 있었던 절로 보인다. 대웅전 앞에 서면 잘생긴 오층석탑 너머로 선산들이 호쾌하게 내려다 보이는, 기상이 강해 보이는 절이다. 태종 이방원의 도움과 조선의 관리인 정이오의 도움을 받으면서 가난하게 살던 야은은 고려의 멸망을 예감하고 있었던 것으로 보이는데 그때 이미 마음의 정리를 했을 것이다. 아래 시는 고려가 멸망하기 3년 전인 그가 36세 때 지은 시인데 그의 생각이 선명하게 드러나 있다.

용수산 바로 동편 짧은 담이 기울었고
물미나리 논가에 버들가지 늘어졌네
몸은 비록 남들 따라 특이한 것 없지만
뜻은 백이숙제 본받아 수양산에서 굶어 죽으리라

- 「용수정동경단장龍首正東傾短墻」

야은은 이방원의 손길을 뿌리치고 금오산의 도선굴에서 은거하며 지내다가 구미 도량동으로 낙향했는데, 이 동네에는 야은초등학교와 야은로라는 길 이름이 그의 흔적을 보여 주고 있다. 특히 도량동의 밤실마을(율리)에는 야은 사당과 재실도 있고

이 주변에 그가 심은 대나무밭이 있는데 이를 '야은죽' 이라고 부른다. 특히 대나무는 야은의 절개를 상징하는 것이라 하여 묘소 주변에도 무성하게 자라고 있다.

야은은 고집불통에 가까운 원리주의자는 아니었던 것으로 보인다. 자신은 비록 고려의 녹을 먹던 벼슬아치였기 때문에 두 임금을 섬길 수 없다며 은거했지만, 세종이 그의 절의를 기리는 의미에서 자손들을 쓰려 하자 자신은 비록 고려에 충성했지만 자식들은 조선에 충성해야 할 것이라며 관직에의 진출을 허용해 주었다. 조선에 태어났으니 자식들이 충성해야 할 왕은 조선의 왕이라고 본 것이다.

야은의 묘소에는 잡초가 무성했다. 올라가는 길은 무너져 있었고, 잡초 사이로 뱀이라도 나올까 싶어 발을 떼기가 두려웠다. 차라리 스스로 은거를 택했으니 이도 괜찮겠다 싶기도 했고, 세상 떠난 지 수백 년이 지난 사람의 무덤이 허물어진들 이상할 것도 없다 싶은 마음이 들었다. 무성한 풀을 헤치고 무덤가에 다다르니 대 바람이 쏴아하고 쉼 없이 불어대는데 구미 시내가 한눈에 보인다. 그의 절개를 상징하는 의미에서 묘소 주변에는 대나무가 많은데 대 바람이 불면 슬프다는 어느 시인의 말이 생각나 한참 대나무 소리에 귀를 기울였다.

구미시의 어디를 가도 야은의 흔적이 있지만 정작 묘소를 찾아가는 길은 어려웠다. 이정표를 따라가다가 어느 삼거리에서 길을 잃어버린 것이다. 큰길가의 이정표뿐 골목 안에서는 더 이

길재 묘소

상 찾기 어려워 마을을 돌고 있으니 누군가가 길을 가르쳐 주었다. 고려삼은이라 불리는 그 이름에 비하면 너무 홀대하는 건 아닌가 싶은 아쉬움이 들었다. 야은이라면 교과서에서 마르고 닳도록 외운 시조가 아직도 생각나는데 흔적은 기억 속에만 머물러야 하는지 안타까웠다.

하기야 야은을 찾아가는 모든 길이 혼란이었다. '야은역사체험관'이라는 커다란 기와집을 지어놓고 그를 기리고 있었지만 정작 소중하게 관리해야 하는 생전의 흔적들은 방치되어 있는 느낌이었다. 사람들은 그의 생가터에서 주운 사금파리에 불과한 도자기와 기와 조각을 더 귀하게 여기고 낚시를 했다는 작은 저수지를 더 소중하게 생각한다. 거기엔 사람의 숨결이 느껴지기 때문이다. 그런데 거기는 비석 하나 세워두고 방치하면서 아직 나무 냄새도 가시지 않은 체험관만 호화롭게 꾸며놓은들 거기서 무엇을 느끼겠는가. 묘소 근처에 동방의 백이숙제라 불리는 야은의 지주중류비가 있다. 사후 170여 년이 지나 유성룡이 비문을 썼는데 중국 황화강의 지주라는 바위는 천 년의 거친 물결 속에서도 그 위용이 같음이 백이숙제와 같다 하여 백이숙제의 무덤 앞 지주중류 네 글자를 새겨왔다고 전해진다.

주는 벼슬을 거절하기 어려움은 세상을 살아본 이라면 누구나 안다. 거절하기는커녕 능력도 되지 않으면서 자리를 차지하기 위해 이전투구하는 것이 인간사인데 이방원과 동문수학한 처지로 그가 내리는 벼슬을 거절하고 고향으로 낙향한다는 것은 어지간한 절개로는 힘든 일이다. 그러나 그는 자신의 지난날을 돌이켜 보면서 지은 「무제無題」라는 시에서 "지난날에 옛 글 읽으며 고금 일을 웃다가/ 세상 형편 따라 함께 부침한 일이 부끄러워라"라 했다. 그리고 세상 형편에 따라 함부로 부침을 거듭한 것을 후회하면서, "인간사가 끝났으면 마땅히 먼저 물러날 일이지/ 서리 같은 터럭이 머리에 가득하길 기다릴 것 없네"라고 말한다.

조선 건국 후 나라가 안정되자 조정에서는 충절을 기릴 사람이 필요했는지 포은 정몽주를 선죽교에서 쇠도리깨로 때려죽였다는 이방원도 길재에게는 너그러워 그를 벼슬길로 끊임없이 불렀는데 그의 나이 48세 때 서울로 올라가면서 옛 고려의 수도 송도를 둘러보았다.

채미정   채미정 내 구인재

오백 년 도읍지를 필마로 돌아드니
산천은 의구하되 인걸은 간데없다
어즈버 태평연월이 꿈이런가 하노라

이미 망해버린 고려의 왕조가 꿈인 듯 펼쳐지지만 이미 인걸
은 간데없고 산천인들 어찌 의구했겠는가.

비록 이방원의 권유를 거절하고 구미에 은거하며 지냈지만
조선의 왕들은 야은의 충절과 학덕을 인정하여 영조는 구미 금
오산 자락에 '채미정'이라는 정자를 지었다. 채미란 '고사리를
캔다'는 뜻으로 은나라가 망하고 주나라가 들어서자 수양산에
들어가 고사리를 캐 먹으며 살았다는 백이숙제의 고사에서 따
온 이름이다. 금오산 대혜폭포에서 시원한 계곡물이 흘러내리
고 숲으로 둘러싸인 채미정은 지금은 사시사철 개방되어 시민
들의 휴식공간 역할을 한다. 특히 채미정 옆의 구인재에는 방이

나 마루에 들어가서 쉬는 사람이 많은데 사람이 살아야 건물도 산다는 말이 있는 것처럼 오래된 건물이지만 항상 사람이 드나드니 온기가 있다. 건물은 사람이 거주하기 위한 공간이니 장식품처럼 비워놓는 것보다 이렇게 활용하니 공간도 살아 숨 쉬는 듯하다.

문학의 길을 찾아 막상 길 위에 서니 생각보다 가까운 곳에 많은 시인과 소설가들이 있다. 책 속의 글로 보는 그들은 한없이 멀었으나 발길이 닿는 곳에 있는 그들은 오랜 세월을 건너뛰어 내 안으로 훌쩍 들어왔다. 길을 걸으며 나는 그들이 썼던 시들을 외워 보기도 하고, 또는 노래로 만든 것들을 불러 보기도 하고, 소설 속의 내용들을 생각하며 길을 둘러보기도 한다. 내가 다가가는 것만큼 그들도 가까이 다가왔다. 그림자의 무늬로 남은 그들이 오래된 길 위에서 나를 반긴다. 이 시들은 이래서 나왔고, 저 노래는 저래서 나왔고, 그래서 그런 소설이 쓰였다는 것을 항상 느낀다. 핑계 없는 무덤 없더라고 배경이 없는 문학 작품이 없었다. 우리나라의 산천은 모두 문학 작품의 배경이 되고 있었다. 그리고 또 다른 배경이 되기 위해 후대의 문인들을 기다리고 있을 것이다.

산천은 의구하되 인걸은 간곳없다 하여도 그들이 남긴 작품들이 그들을 대신하여 그곳에 있으니 어찌 인걸은 간곳없다 하겠는가. 길 위의 인문학을 하는 재미가 이러하다.

목은기념관

목은 이색의 괴시리마을

- 영덕

세상 일 나 몰라라,
잠이나 더 자자

고려삼은이라 불리는 목은 이색이 태어난 영덕 괴시리마을을 들어서자 난데없는 벅수와 느티나무 서낭당이 객을 맞이했다. '축귀장군남정중'이라고 쓰여 있는 이 벅수는 천연두를 물리치는 벅수이다. 마침 코로나가 유행하고 있어서 비록 천연두를 물리친다는 벅수이지만 그 능력을 발휘해서 코로나도 물리쳐 주었으면 싶었다. 괴시리라면 영덕에서는 알아주는 양반 마을인데 마을 입구에 이런 벅수와 느티나무 서낭당이라니 참 재미있는 조합이라고 여겨졌다. 여기서 태어난 목은 이색은 우리나라 장례절차의 하나인 3년 상을 제도화하고 성리학을 발전시킨 사람인데 어딜 가나 사람살이의 모습은 비슷비슷한 모양이다. 사람은 늘 간절함을 품고 살게 마련이고 그 간절함은 성리학보다는 벅수가 훨씬 더 직접적이다.

목은기념관은 영양 남씨 집성촌인 괴시리의 뒷산 중턱쯤에 자리하고 있었다. 오랫동안 문을 닫아 놓고 있었는지 문고리에 먼지가 쌓였고, 꽃들은 생기를 잃고 있었다. 세월은 무상하여 목은이 천하의 고려삼은이라 하지만 이미 600여 년 전의 사람이니 사람에 대한 그리움은 사라지고 부박한 인심만 남은 것이다.

태조 이성계는 목은을 아끼고 사랑하였지만 이성계와 함께하기를 거절했던 목은은 결국 신륵사로 가던 여강에서 태조가 내린 술잔을 마시고 배 안에서 죽는다. 세간의 권력과 애정은 함께하지 못하고 권력에는 피아간의 구별만이 있을 뿐이니 결국 함께하지 못하는 권력에는 죽음만 기다릴 뿐이다. 아마도 태조도 그 술잔을 내리면서 권력의 무상함에 몸을 떨었으리라. 어쩌면 포은 정몽주가 이방원의 손에 죽고 나자 대노하였던 것처럼 목은의 죽음에도 한줄기 눈물은 있었으리라고 믿는다.

고려삼은이라 일컬어지는 포은 정몽주나 야은 길재에 비해 목은 이색의 시는 크게 알려진 바가 없다. 그러나 그는 태어난 고향 영해를 그리워하는 시 20여 수를 비롯하여 6,000여 수의 시를 남길 정도로 대단한 문장가였다. 고려 말에 명성을 누리던 그는 이성계의 위화도회군에 반대하며 조선 개국을 만류했는데 그 때문에 노년에는 여러 곳으로 유배를 가야 했다. 태조도 차마 그를 죽이지 못하여 유배를 보내면서 그의 마음이 돌아서기를 기다렸지만 그는 끝내 마음을 돌리지 않았다.

적소의 적막감은 시인들의 정취를 불러일으키는지 그가 경기도 장단으로 유배 가서 지내며 지은 「장단음」 61수를 비롯하여 경북 함창으로 유배 가서 지은 「함창음」 49수, 경기도 시흥에서 지은 「금주음」 39수, 경기도 여주에서 지은 「여흥음」 20수 등 유배 시 총 169편이 『목은시고』에 실려있다.

그의 시에서 재미있는 것은 당시의 풍속을 읊은 시들이 많다는 것이다. 당시 유학자들의 작품은 충성이나 효성, 절개 등을 읊은 시가 대부분인데 그의 시를 보면 마치 김홍도의 풍속화를 보는 듯한 기분이 든다.

"동방의 풍속이 예로부터 세시를 중히 여겨/ 흰머리 할범 할멈들이 아이처럼 신났네/ 둥글고 모난 윷판에 동그란 스물여덟 개의 점/ 정법과 기묘함의 변화가 무궁무진하여라/ 서툼이 이기고 교묘함이 지는 게 더욱 놀라우니/ 강함이 약함을 삼키면서 토하니 승부를 알 수 없어라/ 노부가 잔머리를 부려 볼 꾀를 다 부리고/ 가끔씩 다시 흘려 보다 턱이 빠지게 웃노라." -「이웃집 늙은이인 이상서와 박중랑, 김석, 김언, 이우중, 손숙휴가 윷놀이를 하기에 옆에 앉아서 구경하다」와 같은 시들은 김홍도의 그림 한 폭을 보는 듯하다.

"풍로에는 국 끓고 처마 끝에 까치 울고/ 치장 끝낸 아내는 국물 간을 맞추네/ 아침 해 높이 떠도 명주 이불 따뜻해/ 세상일 나 몰라라 잠이나 더 자자" -「새벽 흥을 즐기며」라는 시도 마찬가지이다. 성리학의 대가로 일컬어지는 목은의 시로 믿어지지 않을 정도이다. 그러니 마을 입구의 벅수가 그 당시부터 그 자리를 지키고 있었다 해도 호쾌하게 웃고 말았을지도 모르겠다.

신라 때의 굿 노래인 「처용가」는 고려 때 재앙을 물리치는 행사로 계속 남아 있었는데 목은은 이런 행사를 노래한 시 「구나행驅儺行」을 썼다. "신라의 처용은 칠보를 몸에 장식하고/ 꽃가지 머리에 꽂아 향 이슬 떨어질 제/ 긴 소매 천천히 돌려 태평무를 추는데/ 발갛게 취한 뺨은 술이 아직 덜 깬듯하고/ 누렁이는 방아를 찧고 용은 여의주 다툰다" 같은 내용이 길게 이어지는데 이런 걸 보면 목은은 유학을 공부한 선비이면서도 고답적인 유학의 경전만 논하지 않고 「단오석전端午石戰」 등 풍속에 관한 재미있는 작품을 많이 남겼다.

　　목은의 이런 풍속을 읊은 시가 많다 보니 아리랑 연구가인 김연갑은 아리랑이 목은의 시에서 유래했다는 주장을 하기도 했다.

　　　물거품 같은 인생이 출몰하는 이 속세에
　　　사문이 점점 쇠하니 눈물 자주 흐르누나
　　　까마득한 바람 먼지는 백발에 불어오고
　　　아득한 황천길은 청산을 둘러 있네
　　　일평생이 참으로 꿈 같음은 잘 알거니와
　　　만사가 한가함이 제일임은 누가 알리오

　　　　　　　　　　　　　　　　　- 「수지만사불여」

　　라는 시에서 '수지誰知'(누가 알리오)가 정선 지역 사람들에게 한글로 번역돼 민요로 불리는 과정에서 '알리→아리→아라리'로 변해갔으며 최종적으로 '아리랑'이 됐다는 것이다. '정선아리랑비'에 적혀 있는 한시 유래설은 고려 왕조 멸망 후 새 왕조를 따르지 않고 정선 지방에 은거하던 일곱 명의 고려 선비가 비통한 심정을 한시로 읊은 것을 백성들이 한글로 바꿔 부르면서 아리랑이 퍼졌다는 내용이다. 그는 "당시 칠현이 읊었던 한시에는 아리랑을 유추할 만한 단서가 없다"며 대신 정선 칠현과 인연이 깊었던 이색의 시에는 '누가 알리오'라는 글귀가 수없이 나오는 것을 그 근거로 들고 있다. 이 주장이 사실이든 아니든 목은의 시가 민중들의 삶과 가까움은 누구도 부인할 수 없는 사실이다. 그 당시 양반들이 모두 성리학에 취해 백성들의 삶을 외면하고 고답스런 학문만 논하거나 자연의 아름다움을 시로 읊고 있던 것에 비추어 볼 때 목은의 시는 상당히 이례적으로 보인다.

목은은 일찍 고향을 떠난 탓에 괴시리에 목은의 흔적은 많이 남아 있지 않다. 괴시리는 지금은 영양 남씨의 집성촌이지만 원래는 함창 김씨가 터를 잡고 살던 마을이었다. 목은의 외가는 함창 김씨로 지금은 모두 떠나고 영양 남씨만 남아 있어서 목은으로서는 고향의 뿌리를 잃은 셈이다. 그러나 목은의 생가터에 가면 부러진 채 쓰러져 있는 '가정목은양선생유허비'가 있어서 그곳이 목은의 아버지 가정 이곡과 목은의 고향이었음을 알려준다. 부친은 「죽부인전」을 쓴 이곡인데 그는 어릴 때 시골의 향리였던 아버지를 여의고 불우하게 자라났으나 고려의 과거를 거치고 원나라에까지 가서 급제한 인물이다. 그가 원나라에서 벼슬할 때 문장이 엄격하고 뜻이 깊을 뿐만 아니라 인품이 훌륭해 외국인이라고 함부로 무시하지 못했다고 한다. 고국에 돌아와서는 민중의 참담한 현실을 그대로 보지 못하고 시로 읊은 것들이 많은데 그가 남긴 『가정집稼亭集』에는 현실을 고민하는 작품들이 많이 수록되어 있다.

목은의 문장은 아버지로부터 물려받은 것으로 보인다. 그러나 지금은 '목은이색생가지(무가정지)'라고 쓰인 표석만 남아 있어 한때 부자가 학문을 가르치고 배웠던 흔적은 생가터 뒤의 무성한 솔바람 소리로만 짐작할 뿐이다.

마을을 둘러보니 한때 영화를 누렸을 기와집들이 삭아 내리고 어떤 집들은 새로 기와를 이느라 분주했다. 마을을 떠난 이들도 있을 것이고 다시 돌아와 가꾸는 이들도 있어 마을이 전체적으로 퇴락한 느낌은 주지 않는다. 오히려 고택체험 민박을 하거나 찻집으로 꾸며 객을 반기니 주민들에게 폐를 끼칠까 조심스럽던 마음이 홀가분해진다. 영양 남씨들이 세도를 부리던 그때라면 담을 넘겨다 보기도 두려웠을텐데 세간의 풍습은 늘 이렇게 변해간다.

마을을 둘러본 날은 마침 고택을 보수하느라 기와를 이고 있어서 한참을 구경했다. 암키와를 올린 곳에 황토를 꼼꼼하게 바르고 수키와를 올리고 있었는데 암키와와 수키와가 어떤 거냐

괴시리마을 지붕 수리

고 물었더니 일하던 사람이 재밌게 설명해 주었다. "내가 이렇게 말하마 안 되는데요, 누운 기 암키와고 위에 끼 수키와라요. 사람하고 같은 기라요." 그래서 나는 이제 암키와와 수키와의 구분은 확실하게 할 줄 알게 되었다. 사진을 쳐다보며 아무리 암키와 수키와 해봤자 돌아서면 헷갈렸는데 그 말 한마디에 기와의 구분이 분명해졌다. 해가 저물어 가고 있었는데 남은 마을을 둘러볼 생각도 미뤄두고 한참을 기와 이는 것을 구경했다. 괴시리 같은 양반 마을이야 다른 데서도 구경하기 쉽지만 그렇게 지붕을 몽땅 털어내고 기와를 이는 모습은 흔하지 않았다. 오래되어 시커멓게 변한 기둥이나 마루는 그대로인데 삭아가는 나무 몇 개를 바꾸고 기와는 전부 새것으로 바꾸고 있었다.

이런 고택을 다니다 보면 나한테도 저런 집 하나 있으면 참 좋겠다는 생각이 절로 든다. 도시살이가 피곤하면 저렇게 오래

생가지

된 집 마루에 앉아 하루쯤 아무 생각도 하지 않고 지내다 가면 참 좋을 텐데, 그런 집이 없는 처지로서는 부러울 수밖에 없다. 사실 사람 살이라는 게 쪽마루가 있는 작은 기와 한 채와 꽃을 가꿀 좁은 마당만 있으면 충분하다. 그런 집이 있다면 마당에 모란과 작약을 심어놓고 꽃들을 돌보며 은거해도 좋으련만, 괴시리의 비어있는 집들에 무성한 잡초들을 볼 때마다 그런 아쉬움이 가득했다.

괴시리마을 안에 '괴정'이라는 건물이 있는데 이는 목은의 부친 이곡과 목은의 유허지에 괴정 남준형이 지은 건물이다. 괴정은 관직에 나가지 않고 후학양성에 힘쓴 인물로 육이오 전후에도 야학의 학당으로 이용되었다 하니 목은의 정신이 괴정을 이어 후대에까지 전해진 것으로 보인다.

『논어』에서 자하는 "벼슬하고 여유 있으면 학문을 하고 학

목은시비

문을 해서 여유가 있으면 벼슬한다."고 했을 정도로 학문과 벼슬은 서로 연관되어 있는 것이었다. 벼슬을 버리고 초야에 묻힌다 해도 주위 사람들이 가만히 내버려 두지 않았다. 그래서 학문한 사람이 벼슬을 하지 않기도 어려웠고, 벼슬한 사람이 학문을 하지 않기도 어려웠다. 목은 역시 벼슬길에 나아가 승승장구했지만 이성계의 위화도회군으로 벼슬의 갈림길에 서고 만다.

부친이 원나라에 유학한 덕분에 목은 역시 원나라에서 공부를 하고 벼슬까지 했다. 그러나 위화도회군에 반대하다가 유배길로 들어서게 되는데 그때부터 목은의 유배 생활이 시작되면서 권력과는 멀어지게 된다. 그러나 대부분의 문장가들이 그러하듯 그 역시도 유배 생활로 많은 시를 짓게 된다.

목은의 많은 시 중에서도 내 마음에 가장 드는 시는 이것이다.

백설이 잦아진 골에 구름이 머물레라
반가운 매화는 어느 곳에 피었는고
석양에 홀로 서서 갈 곳 몰라 하노라

괴시리마을을 둘러보고 목은의 생가지에 서서 닫힌 목은기념관을 보면서 나 역시 갈 곳을 몰라 소나무숲을 서성거렸다. 동해를 따라 이어지는 해파랑길이 내륙으로 들어와 목은의 생가터를 지나가고 있었다. 저 길을 따라가면 강원도 최전방까지 올라가리라. 주말마다 해파랑길을 걷던 몇몇 사람들이 떠올랐다. 그들도 영덕에 와서 이 마을을 짚어 갔을 것이다. 그러고는 동해안에서 가장 긴 해수욕장을 가지고 있다는 고래불 해수욕장의 송림으로 빠져나가 다시 바닷길을 밟으며 북으로 올라갈 것이다.

갈 곳 몰라 서성이던 발길이 고래불 해수욕장으로 향했다. 마침 갯메꽃이 피어 있다는 계절이었다. 멀리 바다 근처에 분홍 꽃이 군락을 이루어 피어 있었다. 바다에서 불어오는 봄바람을 견디느라 해안사구에 바짝 붙어 피어 있는 꽃들은 절정이었다. 바다가 없는 내륙도시에 살아서인지 바닷가에 사는 모든 생물들은 늘 경이롭다. 갯메꽃도 마찬가지였다. 한시도 쉬지 않고 불어대는 바닷바람을 견디며 저렇게 화사한 꽃을 피워내다니, 바다와 함께 사는 사람들도 저렇게 모두 강인한 아름다움을 지니고 있을 것인가. 아마 목은도 어렸을 적에 이 바다까지 와서 이 갯메꽃을 보았을 것이다.

목은은 괴시리가 외가 마을이어서인지 어릴 때 고향 마을을 떠난 이후 돌아오지는 않았지만 고향을 그리워하는 20여 수의 글이 있다. 그가 영해 현지에서 쓴 것으로 알려진 「관어대소부」라는 시에는 "그곳은 움직이면 태산이 무너지는 듯하다. 고요하면 거울을 닦아 놓은 듯하다. 풍백風伯이 풀무질을 하는 곳이요, 해신이 거처하는 집이다. 이것을 대 위에서 굽어보면 위에는 하늘 밑에는 물이다. 대 밑에는 물결이 잔잔하고 뭇 고기들이 모인다. 사람이 만물의 영장으로 내 몸도 잊고 즐거움을 즐기며,

그 즐거움을 즐기다가 편안하게 자연으로 돌아가나니, 외물外物과 내가 한마음이다."라고 쓰고 있다.

영남 사림의 거장인 김종직은 이에 화답하는 시인 「관어대부」에서 "옥장에서 병부를 엄숙히 받자와/ 동녘으로 해변 끝까지 왔네/ 우격이 한창 빗발치듯 하는 때/ 내 어찌 다른 것을 생각할 틈이 있으리/ 혹시나 큰일에 꾀로 헛되이 세월만 허비할까 두려워하네/ 누주성에 와 잠깐 쉬다가 선배의 옛집을 찾았더니/ 그 옆에 한 대가 우뚝 솟아 붉은 성의 새벽 노을을 둘렀기로/ 두 나그네를 좇아 손으로 가리키니/ 이 몸이 호연지기를 타고 이 높은 곳에 올라온 듯/ 장자가 제 어찌 고기를 안다 자랑하리 (…) 술상을 벌여놓고 잔을 서로 나누며/ 원리 하나 예 있음을 깨달으면서/ 목옹에게 술 한잔을 따르고 이 노래를 읊으니"라면서 목은을 그리워하는 시를 남긴다.

관어대는 조선 초에 성황당산이라고 불리던 영덕의 상대산 정상에서 서쪽으로 100m 정도 떨어진 곳에 있는 절벽을 말한다. 여기에 오르면 영덕과 울진, 포항까지 한눈에 들어오는데 목은이 글에서 말한 관어대는 이곳을 말함이다. 후에 영덕군에서 목은의 업적을 기리기 위하여 상대산 정상에 관어대 정자를 지었는데 상대산이 성황당산이라 불릴 정도로 영덕 사람들에게 중요한 산이었으니 이 정자에 서면 평야와 바다를 함께 거느린 영덕의 절경이 한눈에 들어온다. 바람이 불고 태풍이 치면 태산이 무너지는 듯하지만 고요하면 거울을 닦아 놓은 영덕의 바다,

뜻하지 않게 은거의 길로 들어선 목은이 가히 후생을 보낼만한 곳이었으니 돌아오지 못함이 안타까울 뿐이다.

> 외가댁은 적막한 바닷가 마을인데
> 풍경은 예로부터 사람들 입에 올랐었네
> 동녘 바다 떠오르는 해를 보려 하니
> 갑자기 슬퍼 두 눈이 먼저 캄캄해지누나
>
> - 「영해 동쪽 바다 해돋이」

고향으로 돌아오지 못하고 신륵사 가는 여강에서 죽음을 맞이한 목은의 생애가 문득 동해의 해돋이 앞에서 캄캄해지는 마음인 듯하다.